聖剣学院の魔剣使い11

志瑞 祐

MF文庫J

Contents

Demon's Sword Master of Excalibur School

口絵・本文イラスト：遠坂あさぎ

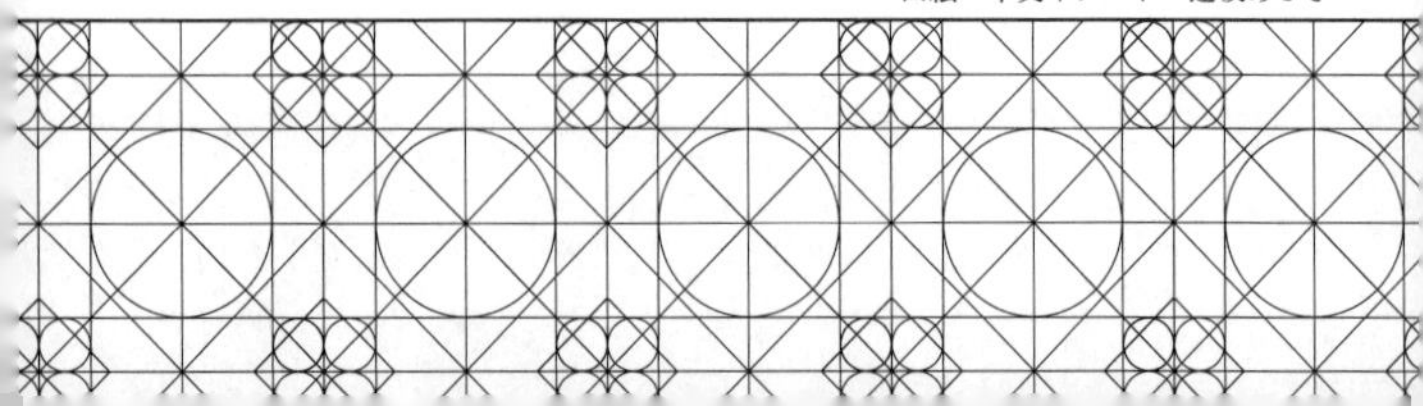

プロローグ

Demon's Sword Master of Excalibur School

旧ログナス王国王都――ウル＝シュカール。

その遺跡の最下層――封印領域に、〈魔王〉の眠る霊廟(れいびょう)はあった。

霊廟の奥に鎮座する、漆黒のクリスタルの前で、白髪の青年司祭が嗤(わら)う。

「ここにおわしたのですね。〈不死者の魔王〉――レオニス・デス・マグナスよ」

恭しく頭(こうべ)を垂れ、その両手に、闇の輝きを放つ〈女神〉の欠片(かけら)を捧(ささ)げ持つ。

女神の欠片はふわりと浮き上がり、クリスタルの中に溶け込むように消えてゆく。

「なんと良き日でしょう。〈魔王〉を二体も手中に収められるとは」

すでに、このウル＝シュカールの守護者である〈機神〉シュベルトライテを、〈人造精霊(アーティフィシャル・エレメンタル)〉の力によって支配することに成功した。

そして今ここに、最強と呼ばれた〈不死者の魔王〉が目覚めようとしているのだ。

以前、ゼーマインが〈死都(ネクロゾア)〉に赴いた際は、レオニス・デス・マグナスの亡骸(なきがら)は消えていたが、よもや、この〈ログナス王国〉の遺跡に封印されていようとは――

司祭が両手を広げると、今度は虚空(こくう)に無数の武器が出現した。

――〈魔王〉に捧げる贄(にえ)。

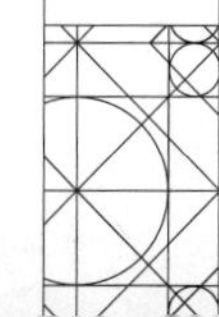

〈聖剣〉を反転させた、〈魔剣〉だ。

「そんなに使ってしまうのね、わたしがせっかく集めたのに」

と、輝く天使の姿をした少女が、不満そうに唇を尖らせた。

――〈熾天使〉。

ディンフロード・フィレットが、〈魔剣計画〉の為に生み出した〈人造精霊〉。

「こんなものは惜しくありませんよ。ようやくにも〈女神〉の預言が成就し、八魔王の中でも最強と謳われた〈不死者の魔王〉を手に入れられるのですから」

言って、ネファケス・レイザードは、指先をわずかに動かした。

数多の〈魔剣〉が、〈魔王〉の眠るクリスタルの中に吸い込まれてゆく。

〈竜王〉ヴェイラの復活は成らず、〈海王〉リヴァイズは〈異界の魔王〉に奪われた。

〈鬼神王〉は〈剣聖〉の肉体に取り込まれ、もはや手が出せない状態だ。

だが、これでようやく、女神の預言を成就させることができる。

虚無の世界が、もうひとつの実存世界を呑み込むために――

ピシッ……ピシピシッ――

漆黒のクリスタルに、細かな亀裂が生まれた。

「おお……！」

司祭の顔に歓喜が満ちた、その時。

砕け散ったクリスタルの中から、濃密な死の瘴気が放たれた。

「……っ!?」
オ、オオ……オオオオオオオオッ……！
地の底から響くような、おぞましい咆哮が聞こえた。

「ねえ、なにか様子が変……――ああああっ！」

〈熾天使〉の悲鳴は、途中でかき消えた。

溢れ出した瘴気に触れた〈人造精霊〉が、光の粒子となって消滅する。

「……っ！」

咄嗟に、防護の魔術を唱えるネファケス。しかし――

瘴気の霧の中から現れた骸の腕が、彼の首を鷲掴みにした。

「……っ……ま、魔王……陛下……！」

悲鳴を上げる間もなく、喉を締め上げられる。

死の瘴気が肺腑を侵し、ネファケス・レイザードの魂を蹂躙する。

(……っ、何故だ……な、ぜ……？)

……目論見は外れた。

消えゆく意識の中で、彼は考える。

〈女神〉の預言、その解釈に誤りがあったのか。

あるいは、〈魔王〉の秤を見誤ったのか。

あるいは――

（こんなものを、支配できるなどと考えたのが、そもそもの間違いだった？）

ネファケスの首が握り潰され、霊廟の床に落下する。

彼が、死の際に見たのは――

その身に無数の〈魔剣〉を突き立てた、〈不死者の魔王〉の恐るべき姿だった。

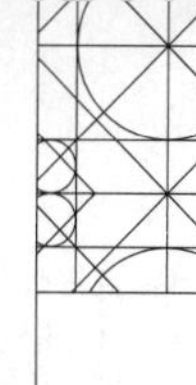

第一章　不死者の魔王

Demon's Sword Master of Excalibur School

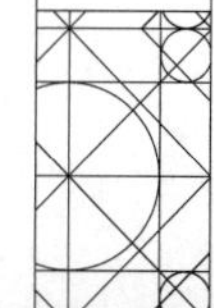

「――マスター、ロゼリア・イシュタリスの名の下に、封印を解除する」

色彩の失われた〈影の王国(レルム・オヴ・シャドウ)〉の荒野に、無機質な声が響く。

割れ砕けた光球の中から、姿を現したのは――

鋼の翼を持つ、紺碧(こんぺき)の髪の戦姫(せんき)だった。

「……っな……んだと……?」

一〇〇〇年前の世界に君臨した、〈魔王〉の一人。

〈機神〉――シュベルトライテ・ターミネイト。

(あれが、覚醒した〈機神〉の姿なのか――)

不死者の軍勢が埋め尽くす丘の上で、レオニスは眼(め)を見開く。

同じ〈魔王〉であるレオニスも、〈機神〉のこの姿を目にしたことはない。

六英雄の〈龍神(りゅうじん)〉、ギスアーク・セイントドラゴンとの最後の戦いにおいて、ただ一度だけ、その真の姿を解放したと聞くが――

(よもや、このような形でまみえることになるとは、な……)

……何時(いつ)だったか、ロゼリアに尋ねたことがある。

『――〈機神〉という〈魔王〉は、一体何者なんだ？』

他の〈魔王〉と同格の力を持ちながら、〈竜王〉や〈鬼神王〉のような野心を持たず、〈海王〉や〈獣王〉のように、奔放に振る舞うわけでもない。〈魔王軍〉の軍議にも姿を現さず、〈異界の魔王〉と並んで、異質な存在だった。

その時、ロゼリアは困ったように苦笑して、

『あれは、遠い星から来た、太古の民の兵器なんだ』

『……〈機神〉が、兵器？』

『そう、私たち神霊種族が、この星にやってくるより遙か昔。遠い宇宙の果てで、■■との戦争に使われた、七体の戦姫の最後の一機にして、最強の個体――』

『……？』

『ああ、気にしなくていい。遠い、遠い世界の昔話だよ』

ロゼリアは、祭壇から見える空を見上げて呟く。

『……よくわからないが、兵器と言うことは、奴に自分の意思はないのか？』

『あれに意思があるのかどうか、それは私にもわからない。けれど――」

何時の日か、その使命を思い出す日が来るのかもしれないね――

………――。

（あのときは、そんなものかと聞き流していたが……）

覚醒した姿を目のあたりにしてみれば、なるほど、たしかにこの世界のものとは、異質な存在であることが納得できる。

（……力の気配をまったく感じないのは、兵器ゆえなのだろうな）

宙で静止する〈機神〉が、レオニスの呼び出した不死者の軍勢を見下ろした。

「──敵勢力と認定。これより、排除を開始する」

無機質な声を発し、片手に握った光剣を空に掲げる。

──色のない〈影の王国〉が、眩い白光に塗り潰される。

「レオ君……！」

「……っ、セリアさん、伏せて！」

叫び、レオニスは、背後にいるリーセリアを庇うように魔力障壁を展開した。

シュベルトライテが、光剣を無造作に振り下ろす。

ズアアアアアアアアアッ！

巨大な光の斬閃が、〈影の王国〉の大地を抉り、丘を斬り裂いた。

数千の不死者の軍勢が吹き飛ばされ、地割れの中に呑み込まれる。

（……っ、馬鹿な、俺の兵力の四分の一が、たった一撃で……！）

武器の性質そのものは、シャトレス王女が〈聖剣剣舞祭〉で使った聖剣〈神滅の灼光〉とよく似ている。無論、その威力は桁違いだが。

〈機神〉の光球形態は、あくまで自衛モード。

――これが、本来の〈魔王〉たる者の力なのだ。

(〈影の王国(レルム・オヴ・シャドウ)〉に引きずり込んだのは、悪手だったか……)

〈影の王国〉の中では、レオニス自身の魔力を消耗することなく、不死者の軍勢を呼び出すことができる。魔力を大幅に消耗したレオニスにとっての切り札だ。

しかし、これにはデメリットもある。〈影の王国〉の中で破壊された不死者の魂は、そのまま消滅してしまうのだ。一〇〇〇年前であればいざ知らず、この時代に新たな不死者の軍勢を生み出すのは、そう簡単ではない。

消耗戦になれば、甚大な被害が出るだろう。

「レオ……君……」

後ろのリーセリアが、〈誓約の魔血剣(ブラッディ・ソード)〉を手に、ゆっくりと立ち上がった。

吹き荒れる風に、白銀の髪が激しく流れる。

「セリアさん、大丈夫ですか」

「うん、守ってくれて、ありがとう」

リーセリアはレオニスの隣まで歩くと、空中のシュベルトライテを見上げた。

体の各部位から熱が排出され、陽炎(かげろう)が立ち上っている。

「あの娘(こ)は、一体……」

「あの光球の真の姿のようです」

「……ええっと、寝た子を、起こしちゃった感じ？」

「そうですね……」

苦笑するレオニスの手を、リーセリアはぎゅっと握った。

「レオ君、いっせーのーせで、一緒に逃げよう」

「いえ、そうしたいのは山々なんですが」

〈影の王国〉の外側は、シュベルトライテの展開した〈女神の絶界〉によって、外界と完全に遮断されている。

〈女神の絶界〉は、ロゼリアが〈魔王〉同士の決闘のために生み出した固有魔術であるため、決着がつくまでは、いかなる方法でも内側から出ることはできないのである。

「……逃げるのは、無理？」

「残念ながら、すみません」

レオニスは申し訳なさそうに頷（うなず）く。

本来、決闘の当事者である〈魔王〉以外の者は結界を出入りできるのだが、リーセリアはレオニスの眷属（けんぞく）であるため、〈魔王〉の一部とみなされてしまうのだ。

「セリアさんは、できるだけ、戦場から離れていてください。どちらかが敗北すれば、結界から脱出できます」

「レオ君——」

リーセリアは、手を握る指先にぎゅっと力をこめた。

「私も一緒に戦うよ。だって、私はレオ君の眷属だもの」

「だめです、セリアさん。見たでしょう、あの力を——」

「うん。いつものレオ君だったら、汗なんて、かかないものね」

「……」

「私が囮になるわ」

と、リーセリアはそっと手を離し、前に進み出た。

「セリアさん！」

「——大丈夫。あの娘、私には攻撃してこないみたいだから」

「それは——」

……たしかに、彼女の言う通りだ。

あの光球は、間違いなく、リーセリアへの攻撃を意図的に避けていた。

「よくわからないけど、私のこと、〈マスター〉って呼んでた。だから——」

「マグナス殿——」

と、足元の影が形を変え、黒狼の姿に変化した。

「問答の時間はないようだぞ」

「……っ！」

眩い閃光が、地上を照らし出した。

シュベルトライテの光剣に、再び莫大な魔力が収束してゆく。

「わかりました、後衛はセリアさんに任せます」

レオニスは〈封罪の魔杖〉を握り、地面に突き立てた。

「ただし、危なくなったらすぐに逃げてください。いざとなれば、隷属の刻印を使ってでも命令しますからね」

「う、うん！」

レオニスはブラッカスの背に飛び乗ると、杖を頭上に掲げ、声を張った。

「――不死者の軍勢よ、全軍、突撃せよっ！」

◆

「水鏡流、絶刀技――〈魔風閃嵐〉」

「水鏡流、絶刀技――〈雷光烈斬〉」

ギイイイイイイイッ――――！

闇の中に、無数の斬光が躍る。

同じ髪色、同じ顔立ちをした、二人の剣士は——

その太刀筋さえも、水鏡に写したように、よく似ている。

——〈桜蘭〉の王家に代々伝わる、秘奥の剣。

この世界に〈聖剣〉が現れる遙か前より、それは伝承されてきた。

（剣の技倆は互角。だけど、身体能力が違いすぎる——）

魔風と共に繰り出さる剣戟を、咲耶はかろうじて見切り、受け流す。

琥珀色に輝く左眼が、疼くような痛みを伝えてくる。

——〈魔王〉に与えられた、〈時の魔眼〉。一瞬先の未来可能性を視る、この〈魔眼〉の力が無ければ、姉の振るう、嵐のような斬撃を見切ることは不可能だ。

「……っ！」

心臓を貫かれる、首を刎ねられる、風の刃に全身を斬り刻まれる。

枝分かれする可能性の中から、一瞬の判断で、死を回避する選択肢を掴み取る。

そして、攻防の最中に生まれるわずかな空隙に、一閃を見舞う。

「水鏡流、絶刀技——〈紫電〉」

〈雷切丸〉の刃が虚空を奔った。

青白い雷火がほとばしり、闇の中に閃く。

——が、

「水鏡流、絶刀技——〈風神〉」

魔風を纏う刃が、〈雷切丸〉の刃を受け止める。

「……っ、姉……様っ……！」

〈聖剣〉の刃が鍔迫り合い、激しい火花を散らす。

互いの息遣いが聞こえそうな至近距離で、咲耶は姉の眼をまっすぐに見据えた。

闇の中で煌々と輝く、魔性のような、真紅の眼——

——問うべきこと、問いたいことは無数にある。

九年前に死んだはずの彼女が、なぜ、生きているのか。

なぜ、〈第〇七戦術都市〉に、〈ヴォイド・ロード〉を呼び寄せたのか。

だが、言葉はすでに届かない。

ただ、全身全霊の剣こそが、彼女に問うことができる。

「はあああああああっ！」

裂帛の呼気を吐き、地を蹴って踏み込んだ。

稲妻の如き連撃。蹴りつけた床に、雷光が爆ぜる。

〈雷切丸〉の権能の本質は、超電磁による〈加速〉。

地を駆けて、斬撃を繰り出す度に、剣閃は鋭さを増してゆく。

……焦っている。その自覚はあった。

しかし、ここで攻めきれなければ、敗北は必至だ。

〈魔眼〉の使用は、体力と精神力を著しく消耗する。

無数に枝分かれする未来可能性に、脳の処理が限界を超えてしまう。

（あと、一分が限界か――）

ほとばしる剣閃は、しかし、刹羅の刃に弾かれる。

咲耶の切り札、〈魔剣〉――〈闇千鳥〉の力は使えない。

あの力は、〈ヴォイド〉を斬るためのものだ。

圧倒的な力を誇る分、その速度は〈雷切丸〉にやや劣る。

格上の剣士相手に、その差は致命的だ。

「そんなものか、お前の剣は――」

「……くっ！」

〈桜蘭〉の白装束が、風に煽られてはためく。

限界を迎えつつある咲耶に対し、刹羅に疲労の色は見えない。

まるで、風そのものを相手にしているかのようだ。

「水鏡流、絶刀技――〈雷神烈破斬〉！」

――一閃。地を蹴って、咲耶は渾身の斬撃を撃ち込んだ。

雷光を纏う刃が、刹羅の腕を斬り飛ばし――

その姿が、ゆらりとかき消えた。

（……っ、風の残像……〈聖剣〉の権能か！）

風が吹き荒れ、闇の中に白装束の剣士が姿を現す。

「……っ！」

「その程度か――」

轟々と渦巻く風が、上段に構えた〈聖剣〉の刃に収束する。

「水鏡流、絶刀技――〈凶嵐烈破斬〉」

嵐の如き剣戟が吹き荒れた。

無数の風の刃が、咲耶の制服を斬り刻む。

「……くっ……うっ……！」

〈魔眼〉の力で斬線を予測し、かろうじて、振り下ろされる刃を受け止めた。

――が、

「……か……はっ！」

鋭い蹴撃が、腹に打ち込まれる。

「がっ――！」

地下通路の壁に叩き付けられ、そのまま地面を転がった。

「――はあっ、は、あっ……！」

即座に立ち上がり、態勢を立てなおす。

「私を止めてみろ——咲耶」

刹羅が、颪の刀を両手に握り、頭上にかかげた。

逆巻く颪に煽られて、青髪が炎のように踊る。

〈桜蘭〉の伝説に伝わる、鬼神のようだ。

（……っ！）

〈魔眼〉の視界が、無数の死の可能性に埋め尽くされる。

（生きる目が、視えない——）

——ならば、と覚悟を決め、咲耶は〈雷切丸〉の柄を握り込んだ。

〈魔眼〉の力を封印し、自身の目で、姉の姿をひたと見据えた。

そして——

「はああああああああっ！」

荒れ狂う剣嵐の中に、自ら飛び込んだ。

◆

大地が震動する。

無秩序に呼び出した不死者の軍勢が、〈影の王国(レルム・オヴ・シャドウ)〉の荒野を進軍する。

〈スケルトン・ジェネラル〉、〈シャドウ・デーモン〉、〈ソウル・コレクター〉、〈エルダー・リッチ〉、〈デスクラウド〉、〈イヴィル・エレメンタル〉、〈ヘル・ロード〉、〈グレーター・シャドウ〉、〈スカル・コロッサス〉、〈スカル・ドラゴン〉——

津波の如(ごと)くうねる不死者の群れの上を、レオニスを乗せた黒狼(こくろう)が一気に駆け抜けた。

「我が眷属(けんぞく)に闇の祝福を——第七階梯(かいてい)魔術〈死者の蒼月(スレイ・ギーラ)〉」

呪文を詠唱し、〈封罪の魔杖(まじよう)〉を頭上に捧(ささ)げ持つ。

アンデッドを強化する魔力の月が、不死者の軍勢を禍々(まがまが)しく照らし——

同時、宙に静止した〈機神〉が、鋼の翼を広げた。

剣のような形をした翼の尖端(せんたん)に、強烈な魔力光が収束する。

「……っ、来るぞ、ブラッカス」

「ああ——」

「——〈神滅光槍(ラグヴァ・ライテ)〉！」

〈機神〉——シュベルトライテが、静かに声を発した。

ズオンッ、ズオンッ、ズオオオオオオオンッ！

展開した翼から、光の槍(やり)が降りそそぎ、地上を穿(うが)つ。

天を衝(つ)くような炎の柱が立ち上り、不死者の軍勢が蒸発した。

「……っ、よくも、俺の大切な〈死神騎士団〉を……！」

レオニスは歯噛(はが)みするが、軍勢の勢いは止まらない。

焼けただれた大地から、骨の戦士が無限に生まれ、荒野を埋め尽くしてゆく。

「——偉大なる死の軍勢よ、俺に続け！」

ブラッカスの背の上で、レオニスは采配するが如(ごと)く、〈封罪の魔杖(まじょう)〉を振るった。

地上を埋め尽くす骸骨兵の群れが、瞬時に組み合い、絡み合って、はるか空へと届く、巨大な〈腕〉を形成する。

〈不死者の魔王〉レオニス・デス・マグナスの固有魔術——〈死躍大饗宴(デス・フェスタ)〉。

骨の大地がうねり、〈影の王国(レルム・オヴ・シャドウ)〉に地獄を顕現させる。

「レ、レオ君……ふわあああっ⁉」

と、はるか後方で悲鳴が聞こえた。

リーセリアが骸骨兵の波にさらわれ、もみくちゃにされている。

「大丈夫です、セリアさんに危害は加えませんから！」

「そ、そんなこと言ってもっ——」

「セリアさんは後からついてきてくださいっ！」

ブラッカスが、蠢(うごめ)く骸骨兵の波を蹴って跳躍した。

シュベルトライテめがけて襲いかかる、巨大な骨の腕を一気に駆け上がる。

空中のシュベルトライテが、光剣を斜めに振り下ろした。

閃光(せんこう)が走った。

巨大な骨の腕は半ばで両断され、地響きをたてて大地に沈む。

「……ブラッカス、飛び移れ！」

レオニスが叫んだ。

ブラッカスが咆哮(ほうこう)し、倒壊する骨の腕から、新たに生まれた別の腕に跳躍する。

無数の骸(むくろ)で形作られた骨の腕は、三本、四本、六本と数を増やし――

不規則にうねりながら、宙を飛ぶシュベルトライテめがけて襲いかかる。

「――〈神滅光槍(ラグヴァ・ライテ)〉」

再び、〈機神〉の翼に、魔力光が生まれた。

「させるかっ――〈極大重波(ヴィラ・ズオ)〉！」

レオニスは、魔杖によって威力増幅された、重力系統・第八階梯(かいてい)魔術を叩(たた)き込む。

極地発生した重力場によって空間が歪(ゆが)み、〈神滅光槍〉の軌道がわずかに逸(そ)れる。

「――堕(お)ちろ、〈機神〉よ！」

叫び、レオニスが魔杖を振るった。

大地より突き出した巨大な腕が、鞭(むち)のようにしなり、次々と振り下ろされる。

シュベルトライテの姿が消えた。

翼から魔力光を噴射し、直角に飛翔（ひしょう）する。

超高速で回転しつつ、巨大質量攻撃を回避。

繰り出される骨の拳を、光剣で粉々に破壊する。

「馬鹿め、鳥籠だ――！」

レオニスが魔杖（まじょう）を空に掲げた。

飛翔する〈機神〉の周囲に骨の障壁が次々と立ち塞がり、彼女を押し包む。

シュベルトライテは光剣を振るい、壁を斬り裂こうとするが――

「逃がすかっ――一斉砲撃！」

レオニスの号令一下。

骨の壁を構成する、不死者（アンデッド）の魔導砲兵団が同時に呪文を唱えた。

第三階梯（かいてい）魔術――〈爆裂咒弾（ファルガ）〉。

二〇〇〇発以上の高位爆裂系呪文が、一気に叩（たた）き込まれる。

――同時。

「喰（く）らうがいい、第十階梯魔術――〈闇獄爆裂光（アルザム）〉！」

レオニスも、ありったけの魔力を込めた、最強の爆裂呪文を撃ち込んだ。

ズオオオオオオオオオオオオンッ！

巨大な骨の鳥籠の中で、破壊の熱波が荒れ狂う。

「くくく……さしもの〈魔王〉もこれは――なに!?」

レオニスの邪悪な笑みが凍り付く。

荒れ狂う炎の中――〈機神〉は平然と、空中に浮かんでいた。

輝く球体状の力場が、翼の周囲に展開されている。

「……っ、〈対魔術結界（アンチ・マジック・フィールド）〉……魔術の完全無効化結界か」

レオニスは歯噛（はが）みした。

「奴（やつ）に魔術は通用しない、か……」

魔導兵器であるシュベルトライテは、魔術戦を主体とするレオニスとしては、〈竜王〉以上に相性が悪いタイプの敵だ。

シュベルトライテが光剣を振るった。

長大な刃（やいば）が空を薙（な）ぎ、〈機神〉を閉じ込める骨の壁が吹き飛ぶ。

「……っ、おのれ、俺の魔導砲兵団をっ！」

「マグナス殿、来るぞ――」

「……っ!?」

直角の軌道が、空をなぞる。

輝く光剣を構えたシュベルトライテが、一瞬でレオニスに肉薄する。

「――っ、〈羅刹餓骨魔壁（グレート・デス・ウォール）〉！」

足場の骨が轟々と渦を巻き、レオニスを守る障壁に変化する。

――が、シュベルトライテは意に介すことなく、突撃してくる。

「……なんだと!?」

骨の障壁は、あっけなく蹴散らされ――

〈機神〉の光剣が振り下ろされる。

――刹那。

「はああああああああああああっ！」

無数の血の刃が、シュベルトライテに襲いかかった。

「レオ君！」

「セリアさん!?」

振り向けば――

魔力の翼を生やしたリーセリアが、骨の壁を蹴って駆けてくる。

シュベルトライテが翼を広げ、血の刃をかき消した。

その一瞬の隙に、ブラッカスは影の中に潜り込み、リーセリアのそばへ離脱する。

「レオ君、大丈夫!?」

「――助かりました、セリアさん」

リーセリアと併走しつつ、レオニスは視線を上に投げた。

シュベルトライテはリーセリアを見下ろし、その場で静止している。
(やはり、リーセリアは攻撃できないようだな……)
レオニスは虚空から、数本の剣を取り出した。
「魔術が効かぬのであれば、これはどうだっ――」
〈魔王殺しの武器〉――魔殲剣〈ゾルグスター・メゼキス〉。
その欠片より生み出した、対〈魔王〉兵器。
宙に浮かんだ剣が超高速で回転し、シュベルトライテめがけて飛翔する。
シュベルトライテが光剣を振るい、剣を弾き飛ばした。
「――まだだっ！」
ブラッカスの背の上で、レオニスが魔杖を振るう。
弾き飛ばされた〈魔王殺しの武器〉は、くるくると回転し、再び襲いかかる。
――着弾。
ズオンッ、ズオンッ、ズオオオオオオオオオンッ！
〈対魔術結界〉を貫通した〈ゾルグスター・メゼキス〉が次々と爆発する。
レオニスが、爆裂系統の呪文を込めた魔法剣だ。
(これで倒せたとは思わんが――)
さすがに、無傷ではあるまい。

と——

「未知の武装を確認」

渦巻く炎の中から、無機質な声が聞こえた。

「……なっ⁉」

炎を吹き飛ばし、姿を現したシュベルトライテは、ほぼ無傷。

すっと光剣を掲げると、〈機神〉の周囲の空間に無数の光球が生まれる。

「——解析を開始」

光球の周囲を、未知の魔導文字が高速で回転する。

（……なんだ⁉　あれは、まるで——）

レオニスは、それとよく似たものに見覚えがあった。

エルフィーネの〈聖剣〉——〈天眼の宝珠（アイ・オヴ・ザ・ウイッチ）〉だ。

「解析完了——〈複製顕現〉」

シュベルトライテが両手を広げた。

次の瞬間。すべての光球が姿を変え、剣の形になる。

無数の〈ゾルグスター・メゼキス〉が、暗灰色の空を埋め尽くした。

「馬鹿なっ、〈魔工殺しの武器（ジ・アーク・セヴンス）〉を複製しただと⁉」

シュベルトライテが腕を振り下ろす。

複製された〈魔王殺しの武器〉が、レオニスめがけて一斉に射出された。

「……っ!?」

ガガガガガガガガガガガッ――――！

魔王特効持ちの刃が、骨の壁を穿ち、嵐の如く降りそそぐ。

「オオオオオオオオッ！」

ブラッカスが咆哮し、剣の前に身を投げ出した。

無数の刃に貫かれ、地上へ堕ちるブラッカス。

「――ブラッカス！」

手を伸ばしたレオニスめがけ、刃が殺到する。

「……っ、レオ君！」

間一髪、リーセリアがレオニスの身体を抱きとめた。

「セリアさ――」

「しっかりつかまってて、飛ぶのは得意じゃないの！」

レオニスを抱えたまま、リーセリアはきりもみ状態で急降下し、地面すれすれをホバリングするように飛び続ける。

降りそそぐ無数の刃が骸骨兵に突き立ち、派手に爆発した。

追撃は来ない。やはり、リーセリアに対しては、直接攻撃してこないようだ。

リーセリアが、骸骨兵の群れを蹴散らして着地した。

着地の衝撃で、砕け散ったスケルトンの骨があたりに散乱する。

「あいたたた、レオ君、怪我はない？」

「ええ、平気で――」

――す、と言おうとした、瞬間。

地上へ降り立ったシュベルトライテが、光剣の刃を振り下ろした。

「……っ、させない！」

リーセリアが咄嗟に〈聖剣〉の刃を抜き放ち――

シュベルトライテは、光剣を頭上に掲げたまま、動かない。

冷たく輝く双眸を見開き、リーセリアを見つめる。

「……」

と――

「……〈マスター〉、、……――」

シュベルトライテの唇が、無機質な声を発する。

「わたし、は……一〇〇〇年……の……使命……――」

「……な、なに？」

様子がおかしいことに気付いたリーセリアが、きょとんと首を傾げる。

「セリアさん、離れてください――」
レオニスがリーセリアの袖を引き、うしろに下がらせる。
――と、その時だ。
ピシッ――……ピシピシッ、ピシッ――
突然、暗灰色の空に亀裂がはしった。
「……なに？」
異変に気付いたレオニスが、上を見上げた、瞬間。
リイイイイイイイイイッ――
――〈影の王国（レルム・オヴ・シャドウ）〉の空が、割れた。
（……馬鹿な、俺の〈影の王国〉が⁉）
絶句するレオニス。
そして――
ズオンッ、ズオンッ、ズオオオオオオオオンッ！
無数の閃光（せんこう）が、真下のシュベルトライテめがけて降りそそいだ。

◆

魔風の刃が、咲耶の全身を斬り裂いた。

荒れ狂う嵐の中、咲耶は地を蹴って、更に踏み込む。

刹羅の真紅の瞳が、わずかに見開かれた。

「はああああああああっ！」

身を捨てなければ、この刃は姉にとどかない。

「水鏡流、絶刀技――〈紫電一閃〉！」

無数の死の可能性を掻い潜り――

咲耶の振るう刃の切っ先が、刹羅の胸を刺し貫く――！

「……え!?」

驚きの声を発したのは、咲耶だった。

「……刹羅、姉さま?」

姉の胸に刃を突き込んだまま、愕然と呟く。

彼女の利き腕を斬り飛ばすつもりだった。その覚悟はあった。

しかし、彼女はまるで、わざと刃を受けたような――

「……っ……う……」

刹羅の朱唇から、苦悶の呼気が洩れた。

魔性のような、真紅の瞳の光彩が、藍色に染まってゆく。

咲耶と同じ瞳の色に。

そして――

抱きしめるように、彼女は咲耶の首にそっと手をまわした。

心臓に突き立てた〈雷切丸〉の刃が、更に深く押し込まれる。

「……咲……耶……――」

「ねえ……様……？」

利羅の唇から零れた、その声音は、これまでの冷たい声とは違った。

咲耶のよく知る、優しい姉の声だった。

「心臓……の刻印……吸血鬼の、力で……再生する前に――」

利羅は、咲耶の身を抱き寄せ、耳元で囁く。

「――聞きなさい、咲耶」

「……？」

「もうすぐ、あなたたちの世界に、虚無の滅びがおとずれる」

「私たちの故国、〈桜蘭〉を滅ぼした虚無が……」

剣の柄を握り込んだまま、咲耶は声を発する。

「姉様……なに、を……？」

「……〈桜蘭〉を滅ぼしたのは、あの剣士じゃ、ない……」

「……え？」

「――……あれは、因果に呼ばれた……だけ」

咲耶を抱きしめる腕に、力が込められた。

「九年前、〈桜蘭〉を滅ぼしたのは――」

咲耶の首筋に、焼けつくような痛みがはしった。

「……っ……あっ……！」

刹羅が、咲耶の首筋に噛み付き、牙を突き立てたのだ。

首筋をつたう血が、制服を赤く滲ませる。

焼けつくような痛みは、甘い疼痛に変わり、全身の力が抜けていく。

握り込んだ〈雷切丸〉が、光の粒子となって虚空に消え――

咲耶は、くずおれるように、その場に倒れ込んだ。

「ねえ……様……？」

咲耶が顔を上げると、

煌々と輝く真紅の眼が、咲耶を冷たく見下ろしていた。

〈雷切丸〉で刺し貫いたはずの胸の傷が、みるみるうちに再生してゆく。

〈桜蘭〉の白装束をひるがえし、彼女は咲耶に背を向ける。

「待っ……て……姉さ……ま――」

消えゆく意識の中、咲耶(さくや)は必死に手をのばした。

◆

降りそそぐ無数の閃光(せんこう)に撃ち抜かれ――
〈機神〉シュベルトライテは沈黙した。
「……なっ⁉」
あり得ぬ事態に、レオニスは眼(め)を見開く。
ここは、レオニスの〈影の王国(レルム・オヴ・シャドウ)〉。
更には、シュベルトライテの展開した〈女神の結界〉の中である。
〈魔王〉同士の決闘を止められるのは――
(〈女神〉ロゼリアと、同じ〈魔王〉のみ――)
レオニスは、暗灰色の空を見上げた。
割れ砕けた空に浮かぶ人影。
それは――
「馬鹿(ま)……な……」
その姿を目のあたりにして、レオニスは絶句した。

それは、異形の化け物だった。
——そう、異形だ。闇の外套を纏う、骸の化け物。
その化け物の姿を、レオニスは知っていた。
誰よりもよく知っていた。
世界に破滅と恐怖をもたらした、八人の〈魔王〉の一人。
死と絶望を司る、アンデッドの王。
〈不死者の魔王〉——レオニス・デス・マグナス。
（……っ、なんだあれは、一体、何が……!?）
魔杖の柄を強く握りしめ、頭上の空に浮かぶ、その影を睨み据える。
間違いない。あれは——一〇〇〇年前の〈不死者の魔王〉の姿だ。
レオニスが、本来転生するはずだった姿——
（……俺の姿をした偽物？）
そう判断するのが当然だ。
……なぜなら、本物の〈不死者の魔王〉はここにいるのだから。
（姿形を真似る手段など、いくらでもある。しかし……）
あれは〈女神の結界〉を破り、〈影の王国〉の境界を破壊した。
〈魔王〉の名を騙る者に、そんなことができるのか……？

（それに、この気配……）

異形の骸が纏うのは、圧倒的な強者の格。

更には不意打ちとはいえ、あの〈機神〉を一瞬で沈黙させたのだ。

「レオ君、あれは……？」

と、リーセリアが息を呑んだ。

彼女もまた、本能で感じ取っているのだろう。

あの〈不死者の魔王〉の放つ、圧倒的な死の気配を。

彼女だけではない。大地を埋め尽くす不死者の軍勢も、まるで、元の骨に還ったかのように、ぴたりと動きを止めていた。

「……わかりません」

レオニスは首を横に振る。

まさか、あれは俺です、などと言うわけにもいくまい。

「わたし、あれを知ってる……」

「え？」

リーセリアの呟きに、思わず振り向いた、その時。

……オ……オオオオオオオオ……

地の底から響くような声が、荒野に響きわたった。

「……っ⁉」

〈不死者の魔王〉の姿をした、骸の指先に紅蓮の炎が生まれた。

（あれは――⁉）

火球は瞬時に巨大化し、地上のレオニスめがけて降りそそぐ。

「――っ、〈極大消滅火球〉！」

レオニスは咄嗟に、無詠唱の第八階梯魔術を唱えた。

ズオオオオオオオオオオオオオッ！

二つの火球が空中で激突する。

吹き荒れる激しい炎と爆風。

不死者の軍勢が一瞬で蒸発し、衝撃の余波で、レオニスの身体が吹き飛んだ。

地面に叩き付けられ、ごろごろと転がる。

「レオ君！」

リーセリアがあわてて駆け寄り、彼をかばうように立ちはだかった。

（……っ、俺の魔術が押し負けただと⁉）

あの化け物が唱えたのは、同じ第八階梯魔術――〈極大消滅火球〉。

だが、〈封罪の魔杖〉の増幅がないにも関わらず、その威力は、あの化け物のほうが明らかに上だった。

「……――」

〈不死者の魔王〉はゆっくりと降下し、〈影の王国(レルム・オヴ・シャドウ)〉の大地に降り立った。

レオニスは立ち上がり、骸(むくろ)の化け物をひたと睨(にら)み据える。

「……何者だ？」

自身の姿をした者に対して、間の抜けた問いだな、と我ながら思う。

――が、骸の化け物は答えない。

闇の外套(がいとう)に覆われたその全身から、死の瘴気(しょうき)を立ち上らせる。

「答えよ――〈炎地滅呪弾(メル・ジオラ)〉！」

魔杖(まじよう)の尖端(せんたん)より放たれた、第六階梯(かいてい)魔術の炎が、骸の化け物を呑(の)み込んだ。

無論、この程度の魔術でどうにかできるなどとは思わない。

「――セリアさん、下がってください！」

骸の化け物は、闇の外套をはためかせ、炎をあっさりかき消した。

(……足止めにもならんか)

……オオオ……オオオオオオ……！

骸の化け物が、骨の腕をかざした。

闇の瘴気があたりに広がり、大地に眠る不死者(アンデッド)の群れが起き上がる。

(……っ、俺の不死者の軍勢を、支配した!?)

「……あっ……く、うう……」

「セリアさん!?」

レオニスがハッと振り向くと、
リーセリアが、地面に膝をつき、苦悶（くもん）の表情を浮かべている。

「……な、に……頭……が……」

（リーセリアを奪おうとしているのか!?）

最高位の〈吸血鬼の女王（ヴァンパイア・クイーン）〉といえど、アンデッドであることに変わりはない。

このまま〈不死者の魔王〉の闇の瘴気を浴び続ければ、理性を失いかねない。

まさか、奴（やつ）が狙っているのは、レオニスではなく、リーセリアなのか？

（痴（し）れ者が、俺の眷属（けんぞく）は渡さん——）

レオニスは、〈隷属の刻印〉に魔力を込めた。

眷属の契約を結んでから一度も使ったことがない、契約刻印だ。

手の甲に刻まれた刻印が、魔力を帯びて輝く。

「……レ……オ、くん……」

「……すみません、苦しいのは我慢してください」

そう言い残し、レオニスは〈不死者の魔王〉へ向きなおる。

「——〈屍骨巨人（スカル・コロッサス）〉よ！」

レオニスが大地に魔杖(まじょう)を打ち付ける。

と、巨大な骨の巨人が地の底より姿を現した。

「――奴(やつ)を討て！」

オオオオオオオオオンッ！

骨の巨人が、その拳を〈不死者の魔王〉へ振り下ろす。

が、〈不死者の魔王〉はそれを平然と受け止め――

次の瞬間、〈屍骨巨人(スカル・コロッサス)〉は粉々に砕け散った。

「物理防御も完璧か。では、これはどうだ……！」

レオニスが虚空(こくう)より取り出したのは、禍々(まがまが)しく輝く銀の鎖だ。

神々の生み出した、〈魔王殺しの武器(ジ・アーク・セヴンス)〉のひとつ。

〈竜王〉さえも繋(つな)ぎ止める――〈邪竜縛鎖(ラグヴァ・ゾール)〉。

射出された鎖が、〈不死者の魔王〉の全身を縛り上げた。

〈魔王殺しの武器〉は、〈魔王〉を滅ぼすため、神々の生み出した武器。

奴が本当に、〈魔王〉だとするなら、効果はあるはずだ。

「第十階梯(かいてい)魔術――〈極大抹消咒(メルド・ガイズ)〉」

即座に、レオニスは〈封罪の魔杖〉で増幅した呪文を叩(たた)き込んだ。

ズオオオオオオオオオオオオンッ！

立ち上る火柱。
あの状態では、防御の魔術も唱えることはできまい。
しかし――
ヒュンッ――
燃え盛る業火(ごうか)の中から、鎖が放たれた。
「……なっ!?」
〈邪竜縛鎖〉が、レオニスの手にした〈封罪の魔杖〉を一瞬で絡めとる。
(しまっ……)
鎖が暴れ、レオニスの身体(からだ)は地面に叩きつけられる。
グンッ――と鎖が引かれ、〈封罪の魔杖〉が、〈不死者の魔王〉の手に奪われた。
「くっ……返せっ――」
立ち上がり、呪文を唱えようとするレオニス。
〈不死者の魔王〉は、手にした魔杖を地面に突き立てた。
ゴオオオオオオオオッ!
象眼された宝珠が輝き、凄(すさ)まじい魔力の波動が放射状に放たれる。
ピシッ……ピシピシッ……ピシッ……――
〈影の王国(レルム・オヴ・シャドウ)〉を覆う空の天蓋に、無数の亀裂が走る。

（……〈影の王国〉を破壊するつもりなのか⁉）

それほどの破壊を引き起こせば、あの化け物とてただではすむまいが、〈不死者の魔王〉と同じ身であれば、滅びることはあるまい。

だが、今のレオニスの肉体は、十歳の少年のものだ。

魔力で防御することはできるが、耐えられるかどうかはわからない。

舌打ちして、レオニスは地面に蹲るリーセリアをかばった。

最後の魔力で防御魔術を展開、周囲を骨の壁で覆う。

「第十二階梯魔術・界滅魔術……――」

骸の化け物が、はじめて言葉を紡いだ、その刹那。

ヴンッ――

〈不死者の魔王〉の胸部から、光の刃が突き出された。

「……っ⁉」

眩く輝く光刃が、死の瘴気を一気に吹き散らす。

「シュベルトライテ――⁉」

レオニスは目を見開く。

満身創痍の〈機神〉が、全身から火花を散らし、立ち上がった。

「対象を――〈マスター〉の……敵と認定……――」

しかし、あれが〈不死者の魔王〉であれば――
たとえ心臓を貫かれようと、死ぬことは無い。
〈不死者の魔王〉が、咆哮した。
凄まじい魔力が放たれ、シュベルトライテが吹き飛ばされる。
〈機神〉の腕がひしゃげ、千切れ飛ぶ。
〈不死者の魔王〉は、レオニスから奪った〈邪竜縛鎖〉を射出した。
魔王特効の武器――その効力は魔導兵器たる〈機神〉とて例外ではなく及ぶ。
絡みついた鎖を介して、闇の雷撃がシュベルトライテに流し込まれる。
しかし――
バシュッ――と、シュベルトライテの全武装が解除された。
武装ごと鎖を解き放ち、翼の尖端から魔力を噴射して突撃する。
〈不死者の魔王〉が影の刃を放った。シュベルトライテの足が吹き飛ばされる。
――だが、止まらない。シュベルトライテの全身が、眩い魔力光に包まれる。
「まさか……！」
レオニスは息を呑んだ。
あれは、〈魔力炉〉の臨界反応の光だ。
「――〈マスター〉の敵は……排除する」

そして、次の瞬間。

すさまじい閃光(せんこう)が、〈影の王国(レルム・オヴ・シャドウ)〉を塗り潰した。

◆

「ふむ、これが星の運行を記録する装置――〈天体観測装置(アルマゲスト)〉か」

「そうよ。あたしたちドラゴン種族が守り続けてきた、太古の魔導機械(アーティファクト)――」

地上に落とした〈天空城(アズール・フォート)〉の残骸を見上げ、ヴェイラは頷(うなず)いた。

彼女が破壊し、切り離した巨大な遺跡の一部が、〈獣王〉の亡骸(なきがら)が眠るとされる古戦場に、墓標のように突き立っている。

「アズラ＝イルの奴(やつ)を逃したのは、たしかに口惜しいけど――」

ヴェイラは瓦礫(がれき)の一部を蹴飛ばし、粉砕した。

「これを調べれば、あいつの目的もわかるかもしれないわ」

「そうであるとよいが、な――」

隣に立つ海妖精(シー・スプライト)の少女、リヴァイズ・ディープ・シーが肩をすくめた。

――〈竜王〉と〈海王〉。一〇〇〇年前、地上を恐怖に陥れた二人の魔王は、共通の目的のために行動を共にしていた。

ヴェイラは奪われた〈天空城〉を、リヴァイズは片割れである大海獣リヴァイアサンを取り戻すため、〈異界の魔王〉、アズラ＝イルを追跡している。

神出鬼没の〈異界の魔王〉だが、奴の目的が、〈魔王〉を支配下に置くことだとすれば、〈魔王〉の没したとされる地で待ち伏せすればいい、とはレオニスの進言だ。

事実、アズラ＝イルは〈天空城〉と共に、この地に姿を現した。

〈魔王〉どうしの派手な戦闘の末、ふたたび次元の狭間に逃げ込まれてしまったものの、ヴェイラは〈天空城〉の尾翼の一部を破壊し、目的の〈天体観測装置〉を手に入れることに成功したのだった。

「入り口が見あたらぬな。地面にめりこんでいるのではないか？」

「入り口なんてどこでもいいわ、たああっ！」

ドゴオオオオオオッ！

ヴェイラは遺跡の残骸に拳を放ち、壁に大穴を穿った。

「乱暴だな。この中にある魔導装置は、お前たちドラゴンの至宝ではないのか？」

「この程度で壊れやしないわよ」

「……ふむ、そういう問題か？」

眉をひそめるリヴァイズ。

ヴェイラは壁にあいた大穴から、遺跡の中に足を踏み入れる。

斜めに傾いた通路を少し歩くと、祭壇のある広間に出た。

「――あったわ、これよ」

広間の中央に、天井と地面を繋ぐ巨大な柱があった。

随所に無数の魔力結晶を嵌め込んだ、大型の魔導装置だ。

「天の星の運行を記録し、未来を演算する神器――〈天体観測装置〉」

ヴェイラは柱に近付き、懐かしむように、そっと手を触れた。

「〈竜王〉よ、動かせそうか？」

「さあ、なんとかなるんじゃないかしら」

「……まさか、起動方法を知らぬのか？」

「しょうがないでしょ、〈天体観測装置〉の管理は長老竜たちの仕事だったもの」

ヴェイラは肩をすくめ、

「まあ、古代の魔導装置っていうのは、大体……」

〈天体観測装置〉に触れる指先に、魔力を流し込んだ。

と、その瞬間。埋め込まれた無数の魔力結晶が、まばゆい輝きを放つ。

「強大な魔力に触れれば、動き出すわ」

「大雑把よの。いや、これで動くことこそ、驚嘆すべきことなのか」

リヴァイズが、感嘆とも呆れともつかぬ声を漏らした。

ヴンッ――

と、広間全体に、星空を映した天球儀が投影された。

「やっぱり、星の配置が変わっているわね」

投影された星空を見上げ、呟くヴェイラ。

〈天体観測装置〉は、星の運行をすべて記録している。この記録を遡れば、〈魔王〉と人類の戦いが終結した後、この世界になにが起きたのか、調べることができるだろう。

〈ヴォイド〉――一〇〇〇年前には存在しなかった、未知の生命体。

そして、人類が〈凶星〉と呼ぶ、あの奇妙な星のことも――

第二章　奪われた魔剣

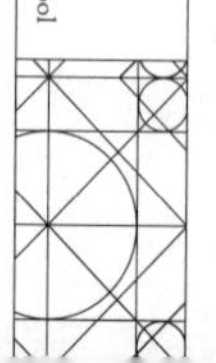

〈第〇七戦術都市(セヴンス・アサルト・ガーデン)〉――第Ⅵエリア、獣人特区地下第四層。

〈魔王軍〉が倉庫ごと買い取り、秘密の拠点として利用している場所である。

「それで――」

と、仕立てのいいスーツに身を包んだ獣人族の戦士は、声を発した。

「ゾール＝ヴァディスは、どこにいる？」

「え、ええと、それはですね……」

全身にびっしり冷や汗をかきつつ、メイド少女は口ごもる。

目の前にいるのは、鋼色の体毛に覆われた、剣虎族(けんこぞく)の獣人であった。

燃えるように輝く、蒼焔(そうえん)の隻眼。

物資運搬用の箱にどっかりと座るその様は、まるで覇王の如(ごと)くだ。

獣人はシャーリに見覚えがないようだが、シャーリのほうは無論、知っている。

世界に恐怖と破滅をもたらした、八人の〈魔王〉の一人。

生ける災厄、狂乱の獣、〈鉄血城(アイゼン・フォート)〉の城主にして破壊の化身。

〈獣王〉――ガゾス＝ヘルビースト。

（な、なんで、獣王様がいるんですかあああああっ！）

〈魔王〉の前に跪くシャーリの頭は、完全にパニックになっていた。

——三十分ほど前のことである。

シャーリと〈七星〉の姉妹がアルバイトをしている、〈セントラル・ガーデン〉の喫茶店に、この〈魔王〉が突然現れ、こう告げたのだ。

……〈魔王〉、ゾール＝ヴァディスに会わせろ、と。

そんなわけで——

シャーリはわけのわからぬまま、ひとまず、人目のつかぬ場所に案内したのだった。

なぜ、一〇〇〇年前に滅びたはずの〈獣王〉が、この世界に生きているのか。

（いえ、竜王様も甦っている以上、獣王様が甦っても不思議ではありませんが……）

ともあれ、問題は、獣王がゾール＝ヴァディスとの会見を求めていることだ。

……絶対に、平和的な目的ではないだろう。

主以外の〈魔王〉は、常に血と闘争に餓えているものなのだ。

（おそらく、〈魔王〉が獣人族を配下にしているということを聞き付けたのでしょうが）

しかし、彼女の主であるレオニスは、現在、ここを留守にしている。

〈王国〉の運営を任されているシャーリが、一人で対処しなければならない。

……ちなみに、〈七星〉の姉妹は暗殺を提案したが、即座に却下した。

全員、返り討ちに遭うだけだ。

学院の寮を守っている、ログナス三勇士も歯が立たない。

唯一、なんとかなりそうなのは、シャーリの中に封印された魔神、ラクシャーサ・ナイトメアを解放することだが、獣王と冥府の魔神が戦えば、レオニスの〈王国〉である、この〈第〇七戦術都市（セヴンス・アサルト・ガーデン）〉が崩壊しかねない。最後の手段だ。

（……まあ、ラクシャーサ様でも、本気の獣王様には勝てませんが）

「二度は聞かねえ」

と、ガゾス＝ヘルビーストは唸った。

「ゾール＝ヴァディスは、どこだ？」

「……っ！」

圧倒的な気配がシャーリを襲った。

普通の人間であれば、魂ごと消し飛んでしまっただろう。

だが、そこは〈不死者の魔王〉の側仕え、どうにか耐えることができた。

（……っ、魔王様がいないことを、知られるわけにはいきません）

〈魔王〉の不在を知れば、獣王は〈狼魔衆〉を強引に奪おうとするかもしれない。

「ゾール＝ヴァディス様は、魔王城におられます」

「〈魔王城〉？」

「はい、この〈第〇七戦術都市〉とは別の場所にある居城です」

「そうか。では、そこに案内するがいい」

「獣王様、ひとつ、わたくしから質問があります」

と、シャーリは勇気を出して顔を上げた。

「ゾール＝ヴァディス様とお会いになって、なにをなさるおつもりですか？」

「愚問だな。無論、ぶちのめすに決まっているだろう」

（やっぱりいいいいい！）

シャーリは胸中で悲鳴を上げた。

「そ、その、もっとこう、話し合いとか……」

「ふん、〈魔王〉ゾール＝ヴァディスの名を騙る不届き者だ。話し合いの余地はない。おおかた、一〇〇〇年前の〈魔王軍〉の残党が名を騙っているんだろうが――」

……鋭い。獣人特有の勘だろうか。

「我が主は、本物のゾール＝ヴァディス様です」

シャーリは言い張った。

「どっちでも構わねえ。とにかく案内しろ」

「……それはできません」

と、首を振るシャーリ。

獣王は鋭い眼光で、彼女を見下ろした。

「ここで、貴様をくびり殺せば、〈魔王〉は現れるか？」

「……っ!?」

シャーリは息を呑んだ。

（魔王様のために殺されるのは構いません。魔王様に捧げた命ですから）

両手を合わせ、きゅっと眼をつむる。

「……ふん」

と、獣王は興が冷めたように、肩をすくめた。

「なるほど、いい臣下を持ったようだ」

「……」

「それじゃあ、しかたねえ。あまり気は進まねえが――」

獣王は片手で、金属の箱を握り潰した。

「奴の領地を、しらみつぶしに潰してまわるだけだ」

「……なっ!?」

シャーリは絶句した。

獣王が、本気であることがわかったからだ。

（この〈第〇七戦術都市〉は、魔王様の〈王国〉……）

そして、シャーリはレオニスに王国のことを託されたのだ。

絶対に、守り抜かなければならない。

「――わ、わかりました、獣王様」

唇をきゅっと噛みしめ、シャーリは恭しく頭を下げた。

「……獣王様を、我が主のいる〈魔王城〉にご案内しましょう」

シャーリとしては、苦渋の決断だった。

だが、〈第〇七戦術都市〉を破壊されるわけにはいかない。

こうなった以上は、せめてレオニスが帰還するまで、時間稼ぎをするしかない。

転移の〈門〉を複数経由して、〈魔王城〉への道を迂回させる。

そして、できる限り、ガゾス＝ヘルビーストの情報を集めるのだ。

（……っていうか魔王様、早く戻って来てくださいいいいいい！）

◆

「……っ……う……」

瞼を開けると、視界に映ったのは、血のように真っ赤な空だった。

レオニスの展開した〈影の王国〉に、色は存在しない。

――〈ヴォイド〉の世界の空だ。

半身を起こしつつ、呆然として呟くと、

「……一体、なに、が……」

「マグナス殿――」

と、背後で声が聞こえた。

振り向くと、瓦礫の隙間から、ぬっと影の黒狼が姿を現した。

「ブラッカス、無事だったか……」

戦友の無事に、ひとまず安堵の息が洩れる。

「ああ。かなり、力を消耗してしまったが……」

「よい、無理はするな」

首を振り、レオニスはゆっくりと立ち上がった。

あたりには、大量の瓦礫と〈機骸兵〉の残骸が散乱していた。

遺跡の地下の階層が、ぽっかりと真上にぶち抜かれている。

（シュベルトライテが、自爆したのか……）

あまりの破壊力に、〈影の王国〉の境界が破れたのだろう。

遺跡をぶち抜いたのは、その膨大なエネルギーの余波だ。

レオニスも、自身とリーセリアを守る魔力障壁を展開するのが精一杯だった。

「そうだ、リーセリアは——！」

ハッとして声を上げると、

「——眷属の娘なら、そこに寝かせている」

ブラッカスが制服の袖をくわえ、レオニスを振り向かせる。

リーセリアは、瓦礫の上に眠るように横たわっていた。

真祖のドレスは消え、学院の制服姿だ。

「気を失っているだけだ。魔力を使い過ぎたな」

「……そうか」

レオニスは安堵して、リーセリアの手をそっと握った。

「シュベルトライテは、リーセリアを守るために、自爆したというのだろうか——？

まさか、リーセリアのことを〈マスター〉と呼んだが……」

レオニスは、周囲の破壊の跡を見回した。

たしかに、凄まじい爆発ではあったが——

その威力に比して、被害はさほど広範囲には及んでいない。

〈魔王〉の一柱が、命を賭して自爆したのだ。

〈影の王国〉の境界を破る際に威力が減衰したとはいえ、本来であれば、このウル＝シュカールの遺跡を含む一帯が、焦土になっていてもおかしくはない。

（爆発のエネルギーは、空を穿つように放たれている……）

リーセリアを巻き込まぬため、なのだろうか――？

いや、今はそれよりも――

（あの〈不死者の魔王〉のことだ……）

突然、虚空より現れた、異形の骸。

その姿形は、一〇〇〇年前の〈不死者の魔王〉そのものだった。

レオニスが本来、転生するはずだった姿――

――否、姿だけではない。あの〈不死者の魔王〉は、全盛期のレオニスにも匹敵する、超高位の魔術を使ってみせたのだ。

「ブラッカスよ――」

と、レオニスはかたわらの黒狼に尋ねた。

「あれは、なんだと思う？」

「……む」

ブラッカスは、少し考えるような仕草をして、慎重に口を開いた。

「俺には、マグナス殿に見えた」

「……やはり、そうか」

「姿が同じなだけではない。俺の知るマグナス殿の気配をたしかに纏っていた」

「お前がそう言うのであれば、間違いはないだろうな……」

レオニスはあたりに視線を走らせた。

（今は、奴の気配は感じない……）

シュベルトライテが自爆することは、奴にとっても予想外だったはずだ。

防御の魔術が間に合ったとは思えない。

（あんな至近距離で、まともに喰らえば、ただでは済むまいが……ん？）

ふと、レオニスは重要なことを思い出し、ハッと目を見開く。

異常な事態が立て続けに起こったため、失念していたが――

「……杖だ」

「む？」

「奴に奪われた、〈封罪の魔杖〉はどこだ？」

あわてて、あたりをきょろきょろと見回した。

――が、それらしきものは見あたらない。

あるいは、〈封罪の魔杖〉そのものは、あの爆発に巻き込まれ、粉々になってしまったかもしれない。

しかし、杖の中に収められた、〈神話級〉の魔導具は惜しいが、それはしかたあるまい。

〈女神〉に与えられた〈魔剣〉のほうは別だ。

〈女神〉に与えられた〈魔剣〉は、なにがあろうと、決して砕けることはない。

「うむ、俺が探してこよう」

「──いや。待て、ブラッカス」

瓦礫(がれき)の隙間に飛び込むブラッカスを、レオニスは制止した。

「〈魔剣〉は俺が探す。お前は、あの司祭を捕らえよ」

旧〈魔王軍〉の参謀──ネファケス・レイザード。

〈不死者の魔王〉に関しては、間違いなく、あの司祭が関わっているはずだ。

「わかった。すでに姿は消しているだろうが、奴(やつ)の影の痕跡を追ってみよう」

「ああ、頼む」

ブラッカスは頷(うなず)くと、影の中に姿を消した。

◆

天を焦がすような紅蓮(ぐれん)の炎が、〈桜蘭(おうらん)〉の都を舐(な)め尽くす。

赤く輝く〈凶星〉が、真上から彼女を見下ろしていた。

ぞろり、ぞろりと、闇よりもなお黒い影が、滅びた街を練り歩く。

無貌の影は、あの日、咲耶(さくや)に〈魔剣〉を与えた、闇の塊のようだった。

私は未来、あるいは過去。あるいは因果、虚無、運命──

呪うように、歌うように、闇の塊は言葉を紡ぐ。

（……これは、誰の……記憶……だ？）

……ボクの記憶じゃない。

これは、彼女の……――


眼を覚ますと――そこは冷たい石畳の床だった。

姉と剣戟を交わした、地下通路だ。

「……ん、う……」

起き上がろうとして、全身を襲う痛みに、咲耶は顔をしかめる。

「まだ、動かないほうが良いわ。いちおう、簡単な治療はしておいたけど。まったく、よくもそんな無茶をしたものね」

と、頭上で聞き覚えのある声がした。

「……アルーレ？」

首だけを動かし、視線を上に向けると――

顔なじみのエルフの少女が、呆れた表情で咲耶を見下ろしていた。

アルーレ・キルレシオ。

森の中で姿を消し、咲耶とは別行動をとっていた少女だ。

遺跡の地上部分で、彼女のリボンが落ちているのを見つけたのだが、

「……やっぱり、ここに来ていたのか」

「それはこっちの台詞（せりふ）よ。とっくに人間たちの都に帰ったもんだと思ってたわ」

アルーレは肩をすくめた。

「……治療をありがとう。感謝するよ」

「ま、あなたには借りもあるしね」

咲耶（さくや）は、ゆっくりと半身を起こし、壁に背をもたれた。

「ボクのほかに、誰か見なかった？」

「あなたたちの仲間？　ええ、見なかったけど」

「……そう」

尋ねたのは、刹羅（せつら）のことだったのだが——

なんにせよ、彼女はアルーレが来る前に姿を消したようだ。

（……ボクにとどめを刺さなかった、どうして？）

と、咲耶は首筋に指をあてた。

鋭い牙を突き立てられた噛（か）み痕がある。

「……」

私を止めてみるがいいと、彼女はそう言った。

けれど――

（ボクには、止めて欲しいって聞こえたよ、姉様……）

姉の消えた通路の奥に眼をやり、胸中で呟く。

「あなたが気を失ってる間に、すごい爆発の音が聞こえたわ」

「……爆発？　なにがあったんだ？」

「わからない。あたしは確かめに行くけど――」

「ボクも行くよ」

痛みをこらえつつ、咲耶はゆっくりと立ち上がった。

「無理はしないほうがいいわよ」

「平気だよ。それに、たぶん、その爆発――」

思わず言いかけて、咲耶は続く言葉を呑み込んだ。

ボクの知り合いの〈魔王〉が関わってるはずだから。

◆

「……っ、魔剣がない！」

レオニスは空に向かって叫んだ。

捜索用に呼び出したスケルトンの群れが、一斉に振り向く。

〈魔剣〉はおろか、〈封罪の魔杖〉の欠片さえ、発見できない。

そもそも、〈魔剣〉の気配を一切感じないのだ。

〈機神〉の自爆によって破壊されたのでなければ――

やはり、あの俺の姿をした奴が、持ち去ったと考えるべきだろう。

「……〈転移魔術〉を唱える時間は、なかったはずだが」

だが、どうとでもしてしまう力はあるだろう。

あれが、本当に〈不死者の魔王〉なのだとすれば――

(……こういうのも、自画自賛というのかな)

皮肉に呟いて、レオニスは虚空を睨んだ。

――〈魔剣〉ダーインスレイヴは、ただの強力な兵器ではない。

ロゼリア・イシュタリスより直接賜った、彼女との絆であり、彼女の魂の転生体を見つけ出すための、道しるべとなるものだ。

(ひとまず、地上に上がるか。ここにはなにもあるまい)

スケルトンの群れを影の中に戻し、リーセリアのところへ戻る。

彼女はまだ眠っているようだ。

――と、背後に、何者か近付いてくる気配があった。

「少年、やっぱり、ここにいた」

「咲耶さん……」

振り向くと、咲耶が瓦礫を踏み越え、こちらに歩いてくる。

それにもう一人、顔見知りの少女がいた。

アルーレ・キルレシオだ。

（……そういえば、あの娘もここに来ているのだったな）

「先輩は、大丈夫なのか」

「ええ、眠っているだけです」

頷くと、咲耶はほっと安堵の表情を見せた。

「……ひどい有様ね、なにがあったの？」

と、アルーレが尋ねる。

「あの、魔導機器みたいなのが、一斉に爆発したみたいです。僕が駆け付けたときには、あたり一帯が吹き飛んでいて」

レオニスは誤魔化した。

「……〈機骸兵〉の自爆攻撃、なるほどね」

〈機骸兵〉のことを知る彼女は、一応、納得したようだ。

咲耶のほうは、じーっと疑わしげに見ている。正体がバレてしまったことで、調子に乗って、彼女の前で〈魔王〉の力を見せすぎてしまったのが仇となったようだ。

「ん、う……」

と、うしろでかすかな声が聞こえた。

「セリアさん、起きましたか」

「レオ君、咲耶も……」

リーセリアは眠そうに眼をこする。

「無理をしないでください」

レオニスは彼女の体を支えた。

「とりあえず、地上に出たほうがいいんじゃない。崩落するかもしれないわ」

「……そうですね」

アルーレの提案に、レオニスは頷いた。

◆

「……セリアたちが、帰還していないって、どういうこと？」

報告書を読んだエルフィーネは、愕然として立ち尽くした。

二時間ほど前、謎の集団失踪を遂げた〈エリュシオン学院〉の学院生が、虚無の〈裂け目〉の向こうで発見された、という報告が情報局に入ってきた。

エルフィーネは真偽を確かめるため、すぐに〈帝都〉の情報局に来たのだが。

リーセリアたちの名前が、リストになかったのである。

「詳細はわかりませんが……」

と、〈対虚獣情報局〉所属の職員は首を横に振った。

「シャトレス殿下の報告によると、〈聖剣学院〉の第十八小隊は、〈裂け目〉の向こうの現地調査のため、あちら側に残ったということです」

「……調査？　セリアたちだけで？」

「はい、そのようです。シャトレス殿下は帰還をうながしたということですが、その、第十八小隊はあくまで、〈聖剣学院〉所属なので――」

「命令系統が違う。王女殿下といえど、強制はできない、というわけね……」

エルフィーネは複雑な表情で、こめかみを押さえた。

（……たしかに、セリアなら、残ろうとするかもしれないわね）

真面目(まじめ)で責任感の強い彼女のことだ。人類のために、少しでも〈ヴォイド〉に関する情報を持ち帰ろうとしているのだろう。

リーセリアは普段から、〈ヴォイド〉の〈巣(ハイヴ)〉の調査に進んで赴いていた。

なにしろ、彼女は〈大狂騒(スタンピード)〉によって、故国を失っている。

もしあの時、〈大狂騒〉の兆候を事前に察知していたなら、〈第〇三戦術都市(サード・アサルト・ガーデン)〉は滅びなかったかもしれない。その後悔が、今も彼女の中に残っているに違いない。

「しかたないわね……」

と、エルフィーネは嘆息する。

とにかく、無事であることがわかったのは朗報だ。

(大丈夫……よね、保護者の彼もいるんだし)

リーセリアに同行しているレオニスは、ただの十歳の少年ではない。

本人は力を隠しているつもりのようだが、エルフィーネにはわかっている。

カメラは誤魔化(ごまか)せても、〈天眼の宝珠(アイ・オヴ・ザ・ウイッチ)〉の眼(め)は誤魔化せない。

「このことは、ご内密に――」

「ええ、わかっているわ」

市民にはまだ、集団失踪事件のことは知らされていない。

〈帝都〉の上空に巨大な虚無の裂け目が現れ、皆が不安になっている時に、シャトレス第三王女を含む〈聖剣士〉の学生が失踪したという事実がおおやけになれば、市民の間にパニックが広がりかねない。

情報を共有しているのは、帝国騎士団の上層部と、現在エルフィーネが所属している、

〈対虚獣情報局〉に所属する者だけだ。

「――なにか、第十八小隊に関する続報があれば教えて」

そう言い残し、エルフィーネは管理局の建物を後にした。

――セントラル・ガーデンのステーションで、無人ヴィークルを呼んだ。

滞在中のホテルに戻り、〈裂け目〉の向こうの報告書を作るのだ。

〈聖剣学院〉に所属しているエルフィーネだが、〈裂け目〉の出現以降、探査系の〈聖剣〉を使える学生は、一時的に帝国騎士団に出向している。

〈騎士団は、〈裂け目〉を調査する部隊を送り込もうとしているようね……〉

志願すれば、あるいは、その部隊に潜り込めるかもしれない。

探査系の〈聖剣〉の使い手は、何人でも欲しいはずだ。

（……同行できるなら、咲耶も連れて行きたいところだけど）

と、エルフィーネは端末のメールを確認する。

彼女が一緒に来てくれれば心強いが、じつは咲耶とも、ここ数日連絡がとれていない。

事件のあったあの日、咲耶が〈エリュシオン学院〉を訪れたという記録はないので、きっと、またいつもの放浪癖なのだろうけれど――

ヴィークルを待つ間、手持ち無沙汰にパズルなど解いていると、

「――エルフィーネ・フィレット」

「……え？」

エルフィーネが顔を上げると。

何時(いっ)の間にか、バイザー型の端末を装着した男たちに取り囲まれていた。

「……っ！」

周囲に人の気配がない。たしかに、利用者の少ないステーションではあるが、人通りがまったくないというのは異常だった。

（……っ、油断したわね）

都市内での〈聖剣〉の使用は、許可がない限り禁じられているが、〈天眼の宝珠(アイ・オヴ・ザ・ウイッチ)〉を起動していれば、追跡者の存在に気付けただろう。

あるいは、咲耶(さくや)なら、気配を察知できたに違いない。

普段から〈天眼〉の索敵能力に頼りがちなぶん、素の感覚が鈍っている。

「ディンフロード伯爵から、あなたを連れてくるようにと仰せつかっております」

先頭の男が無感情に声を発した。

（……フィレット財団の私兵ね）

エルフィーネはあたりをつける。

あの男が、表沙汰にできない面倒ごとを任せる手合いだ。

特にエリートの中には、〈聖剣〉の使い手もいるらしい。

「あの男とは、縁を切っているわ」

「フィンゼル様のことで、お話があるとのことです」

「……」

——フィンゼル・フィレット。

彼女の兄にして、〈魔剣計画(D.project)〉の主導者。

現在は行方(ゆくえ)不明、ということになっているが——

彼は〈ヴォイド〉の怪物となりはて、彼女の目の前で、虚無の亀裂に呑(の)み込まれた。

（……いずれ、来るとは思っていたけれど）

予想していたよりも早い。

まさか、都市の中で実力行使に出るとは思わなかった。

あの男は、フィンゼルの死の真相を掴(つか)んでいるのだろうか——？

「——ご足労願えますか」

「悪いけど、断るわ」

エルフィーネはじり、とあとずさった。

「伝えなさい。娘と会いたければ、自分の足で来なさいって」

「しかたありません。手荒な真似(まね)は控えるよう、言われているのですが——」

「〈天眼の宝珠(アイ・オヴ・ザ・ウイッチ)〉――アクティベート」

エルフィーネが〈聖剣〉を顕現させようとした、瞬間。

「……っ⁉」

不快な音があたりに響き渡った。

顕現しかけた〈聖剣〉は光の粒子となって霧散し、彼女はその場にうずくまる。

(……これは、まさか、〈ヴォイド〉のEMP?)

「〈ヴォイド〉の咆哮(ほうこう)を応用した、〈聖剣〉のジャミングシステムです。まだ開発中ですが、精密な集中を必要とする〈聖剣〉には効果が実証されています」

バイザーの男が淡々と説明する。

〈聖剣〉の顕現には本来、高い精神集中を必要とする。実際、学院で真っ先に学ぶのは、その精神集中の方法だ。

訓練された〈聖剣士〉は、〈ヴォイド〉との戦闘のまっただ中でも問題なく〈聖剣〉を起動することができるが、エルフィーネの〈天眼の宝珠〉のような〈聖剣〉は、そのコントロールに極めて高い集中力を要求されるため、起動できなくなることもある。

「〈聖剣〉のジャミングシステム、どうして、そんなものを……」

人類の敵たる〈ヴォイド〉ではなく、〈聖剣〉使いを仮想敵としたシステム。

なぜ、フィレットは、そんなものを開発しているのか――

フィレットの私兵集団が、エルフィーネを取り囲んだ。

「――拘束しろ、丁重にな」

◆

「――して、〈竜王〉よ。これはどういうことだ？」

「……」

遺跡の天井に映し出された天球儀を見上げ、ヴェイラは口をつぐんだ。
〈天空城〉の〈天体観測装置〉を起動し、この一〇〇〇年の星図の移り変わりを見た結果は、にわかには信じがたいものだった。

「……およそ八〇〇年前。世界が二つに分かれた」

この世界と、虚空の裂け目の向こう側にある、もうひとつの世界に。
神々と魔王、数多の魔物たちは、歴史から消え去ったのではなく――
虚無に侵蝕された、もうひとつの世界に転移したのだ。

――なぜ、そんなことが起きたのか？

――一体、誰がそれを引き起こしたのか？

「……リヴァイズ、一度、レオのところに戻るわよ」

「〈不死者の魔王〉のところに？」

「ええ、あいつの知恵を借りたいわ」

頷いて、ヴェイラは踵を返した。

「――〈天体観測装置〉の予測だと、これから、世界がひとつに戻る」

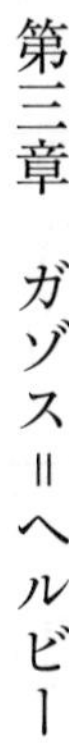

第三章　ガゾス＝ヘルビースト

Demon's Sword Master of Excalibur School

「……これは、一体、なにがあったんですか？」

遺跡の地下から地上に出たレオニスは、唖然(あぜん)として呟(つぶや)いた。

ログナス王国の主城、ウル＝ログナシア宮殿が、真っ二つに両断されている。

都市には地割れのような亀裂が無数に走り、建物は無惨に倒壊していた。

活動を停止した〈機骸兵(きがいへい)〉の残骸が、通りのあちこちに散乱している。

「あたし、見たわ」

と、アルーレが言った。

「宮殿の真下から大きな光球が現れて、光線で都市を焼き払ったの」

その光球は、〈機神〉の初期形態のことだろう。

おそらく、侵入者であるネファケスを迎撃するため、地上に現れたのだ。

しかし、あの司祭は、〈機神〉に対する切り札を用意していた。

人類の生み出した〈人造精霊(アーティフィシャル・エレメンタル)〉によって〈機神〉の中枢を支配し、〈機骸兵〉の軍勢と同士討ちにさせたのだ。

「また、動いたりするかしら？」

リーセリアがおっかなびっくり、ひっくり返った〈機骸兵(きがいへい)〉の残骸を覗(のぞ)き込む。

「その心配はないと思いますよ」

レオニスは、焼け焦げた甲殻をこつこつと叩(たた)いてみせた。

純粋な魔導兵器である〈機骸兵〉は、指揮官機であるシュベルトライテが消滅した以上、再起動の可能性はないはずだ。

「とりあえず、都市の外に出ましょうか。どこが崩落するかわかりませんし」

「ボクも賛成だ」

ウル＝シュカールの城門を出た頃には、日が陰りはじめていた。

（星の配置は異なっても、日の周期は同じか……）

宵闇の迫る空を見上げて、レオニスはそんなことを思う。

そういえば、ヴェイラは〈異界の魔王〉から、〈天空城(アズール・フォート)〉を奪還できただろうか。

〈天空城〉に備わった〈天体観測装置(アルマゲスト)〉で過去の星の配置を調べれば、この一〇〇〇年の間になにが起きたのか、わかるかもしれないということだが——

「あったわ、あそこ——」

リーセリアが声を上げ、荒野の岩場を指さした。

レオニスたちの乗ってきた、戦闘車両(バトル・ヴィークル)〈サンダーボルト〉だ。

「日も暮れそうだし、夜明けまで、ここでキャンプをしましょう」

「そうだね。賛成だ」

リーセリアの提案に、咲耶が頷く。

「レオ君、レギーナはまだ眠っているの？」

「ああ、そうでしたね」

レオニスは足元の影にすっと手をかかげた。

影が波打ち、横になったレギーナが浮かび上がってくる。

「影の中に人を隠せるの？　便利ね、〈聖剣〉って」

「ええ、まあ……」

興味深そうに呟くアルーレに、レオニスは曖昧に頷いた。

「レギーナ……」

リーセリアはそばに屈み、レギーナの顔を心配そうに覗き込んだ。

「レギーナ先輩、大丈夫なのか？」

「ええ、ぐっすり眠っています」

遺跡での戦闘で〈機骸兵〉の自爆攻撃に巻き込まれ、意識を失っていたレギーナだが、咲耶の不思議な力による応急手当のおかげで、傷も塞がっているようだ。

「起きてください、朝ですよ」

レオニスがパチリ、と指を鳴らすと、

「……ん……う……」

レギーナは眠そうに目を擦りつつ、ぐーっと伸びをした。

「あ、お嬢様、おはようございます」

「……レギーナ、よかった！」

半身を起こしたレギーナを、リーセリアはぎゅっと抱きしめた。

「お、お嬢様⁉　あれ、わたし、どうして遺跡の外に？」

きょろきょろとあたりを見回し、混乱した様子のレギーナ。

「あとで話します。とりあえず、キャンプの準備をしましょう」

「あ、キャンプです？　ご飯なら、任せてください」

ツーテールの髪がぴょこんと跳ねる。

「レギーナ、無理しないで。休んでいていいのよ」

「いえ、お嬢様。たくさん寝たので、むしろ元気いっぱいです」

レギーナはぐっと立ち上がり、ぶんぶん腕を振り回す。

「そ、そう？　なら、いいけれど……」

と、そんなやりとりの最中、エルフの少女が踵を返した。

「……アルーレ、どこへ行くんだい？」

「別に、どこでもいいでしょ。ここでお別れよ」

声をかける咲耶に、そっけなく答える。

「〈第〇七戦術都市〉には、戻らないのか？」

「ええ、あたしには使命があるの。この世界のことを、もっと調べないと」

「……そうか」

「あの、じゃあ、せめて夕ご飯だけでも、一緒に――」

リーセリアの言葉に、一瞬だけ足を止めるが、

「……悪いけど、人間と馴れ合うつもりはないわ」

手を振って、そのまま歩みを進める。

「待って、これを持って行くといい」

咲耶が袖からごそごそと小さな袋を取り出し、放り投げた。

「……な、なに？」

アルーレはあわてて振り向き、袋をキャッチする。

「〈桜蘭〉名物のお団子だよ。おやつに食べるといい」

「……あ、ありがと」

アルーレは袋を懐にしまうと、荒野へ歩き出した。

……なんとなくだが、レオニスには彼女が次に向かう場所がわかる気がした。

（……虚無の亀裂に消えた、〈剣聖〉を探しに行くのだろうな）

エルフの勇者は、レオニスと同じシャダルクの直弟子だ。

……だが、彼女の探索は無駄に終わるだろう。

最強の英雄は、完全に虚無に堕(お)ち、〈ヴォイド〉と成り果てた。

(まあ、止めたところで無駄か……)

これがアルーレ・キルレシオ自身の意思かどうかも、わからない。

あの娘の背後にいる存在も、気になるが――

以前、レオニスの精神支配の魔術に抵抗したほどの手練(てだ)れだ。

下手につつけば、何が出てくるかわからない。

(……今はまだ、泳がせておくか)

遠ざかる後ろ姿を眺めつつ、レオニスは呟(つぶや)くのだった。

◆

「――俺がこの世界に復活したのは、数十日前のことだ」

〈獣王〉は、自身の腕ほどもある骨付き肉を骨ごと噛(か)み砕き、呑(の)み込んだ。

――〈魔王城〉最下層にある、大広間である。

特別に用意されたテーブルには、〈第〇七戦術都市(セヴンス・アサルト・ガーデン)〉の店から手当たり次第にデリバリーを頼んだ料理が、ところ狭しと並んでいる。

「……あの、〈獣王〉様。数十日前とは、正確には何日前でしょうか？」

「ああ？　そんなもん、いちいち覚えてるかよ」

ガゾス＝ヘルビーストは肉を掴んだままうしろを振り向き、シャーリを睨む。

「……も、申し訳ありません！」

普通は覚えていますよ、という言葉をすんでのところで呑み込んだ。

（……獣王様の機嫌を損ねてはいけません）

レオニスが戻ってくるまでの、時間稼ぎと情報収集。

それこそが、シャーリに課せられたミッションなのだ。

（竜王様と違って、お腹が膨れるまでは大人しくしてくれそうですが……）

それにしても、一体どれだけ食べるのだろうか。

（……〈魔王軍〉の軍事予算が、どんどん減っていきます）

テーブルには、すでに空になった大皿が何百枚も積み重なっている。

しかも、意外にグルメなようで、量だけの雑な料理には手をつけないのである。

獣王は上等なワインをごくごくと飲みほすと、饒舌に語り出した。

「一〇〇〇年前、〈鉄血城〉陥落のあと、俺は手勢の超魔獣軍団を率いて転戦し、ブラッドファング平原で、六英雄の〈剣聖〉と一騎打ちをした」

「〈六英雄〉最強と称される、シャダルク・シン・イグニスですね」

「おうよ、そいつだ」

獣王は上機嫌に頷く。

「〈剣聖〉とは何度かやりあったが、奴は戦えば戦うほど強くなりやがってな。俺が奴の片腕を食い千切ったのと同時に、奴は俺の心臓を三つ抉りやがったんだ」

「獣王様の心臓は、三つもあるのですか!?」

「ああ、一つ潰されても、俺の生命力ですぐ再生するんだが、三つまとめてやられると、さすがに死ぬな」

「なるほど、心臓は三つで、同時にやられると死ぬ、と……メモメモ」

思いがけず得た弱点の情報に、シャーリはこっそりメモをとる。

(……魔王様のお役に立つかもしれません)

決死の覚悟で獣王に関する情報を手に入れようとしていたシャーリだが、この魔王、訊ねることには意外にもあけすけに答えるので、拍子抜けしてしまう。

シャーリはレオニス以外の〈魔王〉には、ほとんど謁見したことがないが、ほかの〈魔王〉も、これほど大雑把な感じなのだろうか。

(そういえば、〈竜王〉様も大雑把な御方でしたね……)

考えてみれば、〈魔王〉はこの世界の絶対的な強者にして、最強の生命体。

弱者に対して、あえて力を隠す必要を感じないのだろう。

レオニスのように慎重に行動する〈魔王〉のほうが、珍しいのかもしれない。

「──俺は〈剣聖〉に敗れ、大地に斃れた」

獣王は喉の奥で唸った。

「肉体は完全に滅び、蘇生することも、不死者になることもない、そのはずだった」

だが、と獣王は続けた。

「俺は甦った。気付けば、一〇〇〇年前に、ブラッドファング平原と呼ばれていた森の中に、放り出されていたんだ──」

目覚めた獣王は、いまだ〈魔王戦争〉が続いていると思い、敵を求めて彷徨った。

そして、虚空の亀裂から現れる未知の魔物を殺し続けている最中、〈巣〉の殲滅作戦中だった〈帝都〉の部隊に発見され、棄民として保護されたのだ。

「その後は、まあ、人間どもの文明ってやつを、それなりに楽しませてもらった。せっかく復活したんだしな」

獣王は料理の大皿を持ち上げ、一気に口の中に流し込んだ。

むちゃくちゃな食べ方だが、不思議と風格のようなものさえ感じてしまう。

「しかし、生憎、俺の戦士の魂が震えるような敵って奴には、お目にかかれなかったな。今の人間どもは〈聖剣〉とかいう力を使うようだが、俺の相手になるほどじゃねえ。〈ヴオイド〉って魔物は、とにかく気に入らねえ。魂もなにもあったもんじゃねえ」

「あの、〈魔王軍〉を再興をしようとは――」

「興味がねえよ」

獣王は牙を剥きだして唸った。

「いや、最初は思わなくもなかったぜ。獣人族を指揮して、人間共の都市を乗っ取ってやろうってのは。だが、まあ、そんなのはどうでもよくなっちまった。ほかの〈魔王〉はどうだったか知らねえが、べつに敗れた復讐をしたいってわけじゃねえし、そもそも、俺が〈叛逆の女神〉の側に付いたのは、世界をてめえの好き勝手にできると思ってやがる、〈光の神々〉が気に食わなかったってだけだしな。だがよぉ……」

饒舌に語ると、獣王はダンッとフォークを机に突き立てた。

「……っ!?」

「〈魔王〉の名を騙り、俺の眷属を手下にしてる奴がいるって話を聞いちまった。そいつはだめだ。そいつは赦せねえ」

鋼色の毛を逆立てて唸った。

「まあ、ゾール＝ヴァディスってのは十中八九、騙りだと思うが、俺が復活したってことは、勇者に滅ぼされた伝説の〈魔王〉が復活した可能性だって、絶対にないとは言い切れねえよなあ？」

隻眼の瞳が、射貫くようにシャーリを睨んだ。

本能的な恐怖を感じ、シャーリの全身が凍り付く。

「で、本当のところはどうなんだ？」

「わ、我が主はっ、〈魔王〉ゾール＝ヴァディス様です」

〈魔王〉の放つ、強烈な覇気に震えつつも、シャーリは気丈にそう答える。

シャーリのレオニスへの忠誠心が、獣王の威圧に勝ったのだ。

「ほう、そうか。それはそれで、奴に会うのが愉しみだ――」

獣王は手にした骨を捨て、立ち上がった。

「あの、食事は……」

「もういい、馳走になった」

獣王はテーブルを離れ、大広間の扉のほうへ足を進める。

「ど、どうか、ここでお待ちください、獣王様――」

シャーリがあわてて引きとめた。

「どうせ待ってても、ゾール＝ヴァディスは姿を現さねえだろ」

「それは……」

口ごもり、メイド服のスカートをきゅっと摘む。

「あ、あと数日……お待ちください！」

「ああ、待ってやるとも、奴が姿を現すまで、いつまでもな」

獣王は獰猛に嗤った。

「だが、ただ待つんじゃ、俺も退屈だからな。〈魔王〉の傘下に入った獣人族を、俺のものにしていくぞ」

「ええっ!?　お、お待ちください、それはダメです、困ります！」

「だったら、早く俺の前に姿を現すんだな」

ドオオオオオオオンッ！

シャーリの制止を振り切って、獣王は広間の巨大な扉を破壊した。

「ああっ……」

〈魔王軍〉の中核を為す〈狼魔衆〉は、ゾール＝ヴァディスに忠誠を誓っているが、それはあくまで、〈魔王〉の力を見たからだ。

獣人族が、本来の主たる〈獣王〉のカリスマに抗えるとは思えない。

（……魔王様っ、早く帰ってきてくださいいいいいい！）

◆

料理の皿の積み上がった大広間で、シャーリはひとり、頭を抱えた。

宵闇に焚火の細い煙が立ち上る。

レオニスの生み出した、魔術の炎だ。

「……ふふふ～ん♪」

戦闘車両の貨物スペースを調理台にして、レギーナは鼻歌まじりに食事を作っている。

食材と調理器具は、レオニスが〈影の王国〉の〈宝物庫〉から出したものだ。

ぐつぐつと鍋を煮込む音。少しくせのあるスパイスの香りがあたりに漂う。

さすがに本格的な調理はできないが、彼女のかけるひと手間で、味気ない携行食も、立派なレストランの料理に様変わりするのである。

その戦闘車両の屋根の上で、咲耶は〈雷切丸〉の刃を研いでいた。

〈聖剣〉の刃を研いでも意味はないはずだが、習慣なのだろう。

〈剣か……〉

胸中で呟いて、レオニスは自身の掌に目を落とした。

……その手にあるべき〈魔剣〉は、いまだ見つかっていない。

常に手にしているわけではないのだが――

いざ、手元に呼び出せないとなると、なんとも不安な心地になる。

〈……まったく、毛布を手放せない子供ではあるまいし〉

召喚した〈影魔〉どもに、遺跡の中を捜索させているが、見つかることはあるまい。

（やはり、あの〈不死者の魔王〉が持ち去ったのだろうな――）

開いた掌を、強く握りしめる。

と――

「――君……レオ君？」

ぽんぽんと肩を叩かれ、レオニスはハッと顔を上げる。

リーセリアが、レオニスの顔を心配そうに覗き込んでいた。

「あ、すみません。少し、考えごとをしていて……」

「大丈夫？　ちょっと、怖い顔してたよ」

くすっと微笑んで、彼女はレオニスの横に座った。

「はい、ココア」

「ありがとうございます」

カップを両手で受け取ると、レオニスは熱いココアを舌先で舐める。

疲労の蓄積した体に、優しい甘さが染みわたる。

「ありがとう、レオ君。助けに来てくれて」

「セリアさん、自力で脱出してたじゃないですか」

と、レオニスは半眼で言う。

転移したリーセリアの救出に向かい、遺跡の地下で再会したとき、彼女は〈竜王の血〉

を使いこなし、一人で〈機骸兵〉の群れを薙ぎ倒していた。

「そ、そうだけど。でも、あの時、レオ君が来てくれなかったら――」

焚火の炎を見つめつつ、彼女は唇をきゅっと噛んで、

「レオ君、あれは一体、なんだったのかな……？」

と、小声で呟いた。

あれ、というのは無論、あの〈不死者の魔王〉のことだろう。

レオニスは少し考えて、首を横に振った。

「……わかりません」

奴の正体に関して、考えていることはあるが、いまだ憶測の域を出ない。

それに、あの〈不死者の魔王〉こそが、レオニスの本来の姿だと、彼女に明かすわけにもいかないだろう。

と――

「……そう。あ、あのね、レオ君――」

リーセリアは口ごもり、それから、意を決したように顔を上げた。

「わたし、あれと同じものを見たことがあるの」

「……え？」

レオニスは眉をひそめ、訊き返した。

「見たことが、ある？」

……そういえば、そんなことを口走っていた。

「……うん。あの光球が、わたしを遺跡の地下に連れて行って――」

リーセリアは、レオニスの目をまっすぐに見つめて、

「そこで、レオ君の夢を見たの――」

「……僕の夢を？」

リーセリアはこくっと頷いて、

「あれは間違いなく、レオ君だった」

◆

焚火の炎が、眷属の少女の美しい顔を明々と照らしている。

少し離れた場所で、レギーナの料理する音が聞こえてくる。

リーセリアは記憶をたどり、ときに身振り手振りをまじえながら、自身の見たものを、ありのままに話してくれた。

シュベルトライテは、攫ったリーセリアを地下深くにある霊廟に連れて行ったらしい。

そこは〈魔王〉の霊廟と呼ばれており、彼女は、その霊廟の守護者と名乗った。

「霊廟（れいびょう）の守護者、ですか」

「ええ、たしかに、そう言っていたわ」

「その霊廟には、なにがあったんですか？」

「——真っ黒な、クリスタルの結晶よ」

と、リーセリアは言った。

「彼女はそのクリスタルのことを——〈魔王〉の棺（ひつぎ）だって、言ってた」

「……」

リーセリアが棺の前に立つと、棺は激しい光を放ち——

その瞬間、彼女の脳裏に、膨大なイメージの奔流が流れ込んできたのだという。

浮浪児の少年が、一人の騎士に拾われ、やがて世界を救う勇者となった。

〈魔王〉を倒し、王国の民に祝福された少年は、しかし、彼を祝福した人間たちの裏切りに遭い、血にまみれた泥の中で無惨に殺されてしまう——

そして、少年を甦（よみがえ）らせた美しい少女と、大地を埋め尽くす不死者（アンデッド）の軍勢。

その軍勢を率いる、恐ろしい怪物。

その怪物こそが——

「あの骸（むくろ）の姿をした化け物だった、と——」

「う、ん……」

レオニスの言葉に、リーセリアはこくっと頷いた。

「……なるほど」

話を聞き終えたレオニスは、激しく思考をめぐらせた。

リーセリアの見た夢は、ほぼ間違いなく、過去のレオニスの記憶のようだ。

クリスタルに封印されていたのが、あの〈不死者の魔王〉なのだとすれば——

（……やはり、奴はもう一人の俺なのか）

少なくとも、たんに姿を真似ただけの偽物ではない、ということははっきりした。

（この虚無の世界が、元の世界の鏡写しのような世界であることは、ほぼ間違いない）

この〈ログナス王国〉の王都の遺跡、そして、〈精霊の森〉にあった精霊王の祭壇が、元の世界と同じ場所に存在することが、その明らかな証拠だ。

だとすれば。この二つの世界に、対になる遺跡があるように——

レオニスと対になる〈魔王〉が存在した、ということなのだろうか……？

と、レオニスが思考に沈んでいると——

「レオ君……」

透き通った蒼氷の瞳が、じっとレオニスを覗き込んでくる。

今度は、レオニスが彼女の疑問に答える番だった。

……あれは、本当にレオニスの記憶なのか？

（……誤魔化すのは、無理があるな）

もちろん、レオニスが拒めば、リーセリアは無理に聞き出そうとはしないだろうが、ここは眷属との信頼の問題だ。

レオニスはこほんと咳払いして、口を開いた。

「僕は、王国を救った勇者と呼ばれていました」

「……ゆ、勇者？」

リーセリアは目を見開いた。

「あの、おとぎばなしに出てくる？」

「そうです。〈魔王〉を倒す正義の勇者です」

頷くと、リーセリアはふふっと微笑んだ。

「レオ君、やっぱり、いい子だったんだ」

「ち、違います。勇者っていうのは、みんなが勝手にそう呼んだだけで、大昔に〈魔王〉を倒したのは、まあ、本当ですけど……」

レオニスは憮然として首を振り、

「で、あの骸の化け物は、僕が倒した〈魔王〉です」

「……あれが、〈魔王〉!?」

「はい、ゾール＝ヴァディスという名の悪い〈魔王〉です。たしかに倒したはずなんですが、どうやら、こっちの世界で復活したようですね」

またしても、旧魔王に濡れ衣を着せるレオニスであった。

「あれが、お父様の言ってた、〈魔王〉……」

リーセリアは複雑な表情で呟いた。

──いつか、〈魔王〉が〈ヴォイド〉から世界を救ってくれる。

なんのつもりか、彼女の父、クリスタリア公爵は娘にそう言い残しているのだった。

「で、でも、どうして、レオ君の記憶があのクリスタルに？」

「……それは、わかりません」

レオニスは首を横に振った。

……それに関しては、本当にわからない。

そのクリスタルに封印されていたのが、元の世界と対になる、もう一人のレオニスだったとして、なぜ、リーセリアに反応したのか。あるいは、そこにいたのがリーセリア以外の者でも、同じようにクリスタルは反応したのだろうか？

「そのクリスタルは、遺跡の記録装置かなにかで、この〈王国〉であった出来事を映し出したのかもしれませんね」

「記録装置、ううん……なるほどね」

と、頷きつつも、納得いかないように首を傾げるリーセリア。

まあ、わかりませんけど、と言いつつ、レオニスは焚火(たきび)の炎に目を落とした。

（……一体、どういうことなんだろうな）

〈機神〉はなぜ、リーセリアを攫(さら)い、〈不死者の魔王〉に引き合わせたのか。

そもそも、彼女はなぜ、〈不死者の魔王〉を守っていたのか。

訊(たず)ねようにも、シュベルトライテは自爆し、木っ端微塵(こっぱみじん)になってしまった。

（……なんにせよ、そのクリスタルのある霊廟(れいびょう)はあとで調査せねばな）

揺らぐ炎を見つめつつ、そんなことを考えていると——

「あ、あの、レオ君……」

リーセリアの指先が、そっとレオニスの手に触れた。

「……セリアさん？」

顔を上げると、眷属(けんぞく)の少女の顔が目の前にあった。

蒼氷(アイス・ブルー)の瞳が、わずかに潤んで、赤くほのかな燐光(りんこう)をたたえている。

「えっと、その、ね……」

指先で遠慮がちに、手の甲をかりっとひっかいてくる。

（……吸血衝動、無理もないか）

種族の本能は、どれほど意思が強くても、コントロールできるものではない。

魔力消費の多い〈真祖のドレス〉を長時間、纏(まと)ったことに加え、操血術で〈竜王の血(ザ・ドラゴン・ブラッド)〉

を支配したのである。その反動は、当然、強烈な血の渇きとして襲ってくる。

（し、しかし……）

レオニスはちらっと、レギーナのほうに目を向けた。

今は調理に集中しているが、振り向けば、吸血行為を見られてしまう。

「あの、我慢は、できませんか……？」

「……う、ん……」

リーセリアはきゅっと手を握り、耳元で囁く。

「……だめ、かな？」

「ま、マズイと思います。レギーナさんに見られたら……」

「じゃ、じゃあ、そこの岩陰で——」

「え、わっ……」

くいくいっと制服の袖を引き、レオニスを岩陰に引っ張り込んだ。

「ここなら、見つからないわ」

「そ、そうでしょうか……」

「うん、大丈夫」

首筋に、彼女の唇が触れた。

「……っ、セ、セリアさん!?」

「声出しちゃ、だめ。レギーナに見つかっちゃう」

リーセリアは悪戯っぽく笑うと、しーっと唇に人差し指をあてた。

「そ、そんなこと言われても……んっ♪」

かぷっ。

首筋を甘噛みされ、思わず、少女のような嬌声を上げてしまう。

「ん、少年、どうかしましたか？」

と、レギーナの声が聞こえた。

「な、なんでも……んっ、ありま……せ、ん……」

かぷかぷっ。

耳たぶを甘噛みされながら、レオニスは喘ぐように返事をする。

「ふふっ、よく我慢しました♪」

「……～っ！」

バレるかもしれないこの状況を、楽しんでいる。

「は、はしたないですよ。普段のしっかり者のセリアさんは、どこへ……」

レオニスが小声で呟くと——

リーセリアはわずかに頬を赤らめ、唇を尖らせる。

「……だって、レオ君が、わたしをこんなふうにしたんだよ？」

「それは、そうですけど……」

たしかに、彼女を吸血鬼にしてしまったのは、レオニスの責任だ。

「大丈夫、見つかる前に、すぐすませてあげるから、ね♪」

耳たぶを噛(か)まれたまま、岩陰にそっと押し倒される。

……そのまま、レオニスはされるがままに、血を吸われてしまうのだった。

第四章　フィレットの策謀

Demon's Sword Master of Excalibur School

　レギーナの作ってくれた料理で食事を済ませたあと、レオニスは少し風にあたってきますと言い残し、ウル＝シュカールの地下を探索した。

　リーセリアの話した霊廟らしき空間は、〈アラキール大図書館〉の最下層にあった。

　だが、あたりには漆黒のクリスタルの欠片が散らばるのみで、あの〈不死者の魔王〉に関わるような手がかりは発見できなかった。

（しかし、このクリスタルは、たしかに俺の眠っていた〈棺〉と同じものだ……）

　欠片のひとつを拾い上げ、影の中へ放り込む。

　やはり、ここに〈不死者の魔王〉が封印されていたのは、間違いないようだ。

「顔色が悪いようだな、マグナス殿」

　と、足元の影が蠢き、ブラッカスが姿を現した。

「ああ、眷属に血を与えすぎた……」

　レオニスは肩をすくめ、ブラッカスの横に座り込んだ。

「あの司祭の痕跡は見つかったか？」

「うむ……」

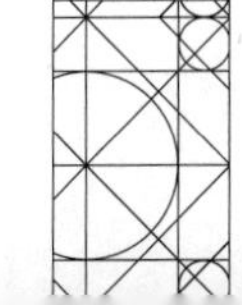

訊ねると、ブラッカスは頷いて、霊廟の奥へ視線を向けた。

「奴の痕跡は、ここで途絶えた」

「ここで？」

「ああ、奴の影はこの場所で確かに消滅している」

「ふむ……」

レオニスは慎重に、霊廟の地面を観察した。

「自らの甦らせた〈不死者の魔王〉に滅ぼされた、か……？」

……だとすれば、間の抜けた最後だが。

「やはり、あれはマグナス殿なのか――」

「間違いあるまい」

先ほどまでは、まだ確証が持てなかったが、リーセリアの話を聞いて確信した。

あの〈不死者の魔王〉は、本来、レオニスが転生すべきはずだった肉体だ。

「マグナス殿の魂が、二つに分かたれて転生した、ということか」

「ああ、おそらく、世界が分裂したことと、関係しているのだろう」

レオニスが封印の眠りについた後、世界が二つに分かたれたことは間違いない。

しかし、なにが原因でそんな天変地異が起きたのか、それはわからない。

「〈アラキール大図書館〉に、なにか記録が残っているかもしれぬ」

「そうだな。もともと、それを調べることも目的だった」

ここですべての書物を精査することはできないが、まとめて〈影の王国（レルム・オヴ・シャドウ）〉に放り込んでしまい、あとでゆっくり精読すればいいだろう。

霊廟を出たレオニスとブラッカスは、広大な地下の大図書館を探し回った。

魔力を放つ書物は手当たりしだいに影の中に放り込み、保管されていた魔法の道具（マジック・アイテム）の類もことごとく収奪した。

更に調べまわると、数十体の〈機骸兵（きがいへい）〉の眠る巨大格納庫を発見した。

「これは壮観だな」

レオニスは思わず、唸（うな）った。

半壊した円形の空間に、透明な殻に入った〈機骸兵〉が隙間なく並んでいる。

「これは、動くのか？」

「魔力を込めれば、おそらく起動させることは可能だろう」

レオニスは、殻のひとつをコンコンと叩（たた）いてみせた。

「だが、コントロールすることは無理だな」

「それでは、〈魔王軍〉の戦力に加えることはできぬか……」

レオニスは少し考えて、

「いや、これは持ち帰ろう。小型とはいえ貴重な〈魔力炉〉を搭載している。それに、人類の魔導技術を駆使して改造すれば、兵として使えるかもしれん」

「わかった、ではそうしよう」

ブラッカスは頷くと、〈影の領域〉の中に〈機骸兵〉を呑み込んだ。

——と、影の引けたその先。崩れた瓦礫の山の中で、何かが光を放った。

「……なんだ？」

まだ活動を停止していない〈機骸兵〉が、残存していたのだろうか？

眉をひそめ、レオニスは光に近づいた。すると——

「……っ、これは⁉」

瓦礫の中に埋まっていたのは、少女の首だった。

——否、首から繋がる上半身だ。

「シュベルトライテ⁉」

レオニスは駆け寄ると、重力操作の魔術で瓦礫をどけた。

闇の中に瞬く光が消える。光を放っていたのは、頭部のツノのような部位だった。

「まだ、活動しているのか？」

「……いや」

レオニスは、目を閉じている〈機神〉の頬に静かに触れた。

「魔力炉は完全に停止している。これはただの残骸だ」

レオニスは手を離し、首を横に振った。

先ほどの光は、わずかに残った魔力の残滓にすぎない。

「死体であれば、不死者として手駒にしたところだが、もともと魂なき魔導機器に、〈死の領域〉の魔術は効果を発揮せん」

それは神聖魔術も同じことだ。

六英雄の〈聖女〉ティアレスの高位蘇生魔術でも、これを修復することはできまい。

「……こいつには、いろいろと、聞きたいことがあったのだがな」

〈機神〉――シュベルトライテ。彼女はここで、なにを守っていたのか。

なぜ、リーセリアを連れ去り、彼女をマスターと呼んだのか――

（待て、魔導機械であるのなら、あるいは……）

ふと思いつき、レオニスは〈機神〉の上半身を抱え上げた。

レオニスの知らない素材なのか、驚くほど軽い。

「戦利品として持ち帰るのか？」

と、ブラッカスが怪訝そうに尋ねた。

「――いや、もしかすると、復活させることができるかもしれん」

◆

「だめです、元の場所に戻してきなさい」

レギーナが腰をかがめ、めっとレオニスを叱った。

「だ、だめ……ですか？」

〈機神〉の上半身を抱えたまま、レオニスは上目遣いにレギーナを見る。

「……む、そ、そんな目をしてもだめですよ。ただでさえ〈フレースヴェルグ寮〉の空き部屋は、他の部隊の備品でいっぱいなんです」

「まあまあ、レギーナ、わたしの部屋で引き取るから」

リーセリアが助け船を出してくれる。

「ええっ、このマネキンを、お嬢様の部屋に置くんですか？」

レギーナの顔がひきつった。

「いや絶対怖いですよ。夜中に目が光りそうですし、掃除してるときに勝手に動いたらどうするんです」

「大丈夫だと思うけど……」

「だいたい、なんなんです、それ？　めちゃくちゃ怪しいじゃないですか」

「まあ、たしかに……」

……〈魔王〉の残骸です、とは言えない。

「レギーナ、これは、〈ヴォイド〉の世界のことを知る上で、貴重な証拠資料よ。甲殻型の魔導兵器と一緒に、サンプルとして持ち帰る必要があるわ」

リーセリアが真面目(まじめ)な顔で言った。

「……はあ。わかりました」

レギーナはしかたないですね、と肩をすくめた。

厳しい寮長の許可は無事に取れたようだ。

「基礎技術が同じなら、修理することができれば、なにかわかるかもしれませんし」

レオニスは言う。

シュベルトライテは、人類の生み出した〈人造精霊(アーティフィシャル・エレメンタル)〉に支配された。

ということは、同じ人類の技術で修復できる可能性はあるかもしれない。

しかし、超古代文明の魔導兵器が、なぜ、人類の魔導技術と共通のテクノロジーを有しているのか――それは、不可解なところだが。

「レギーナさん、修理できますか？」

「学院で魔導機器の扱いは履修してますけど、専門家じゃありませんから」

「フィーネ先輩なら、直せるかもしれないわ」

「そうですね。学院に戻って、先輩に見てもらいましょう」

「――話はすんだかい？」

戦闘車両（バトル・ヴィークル）の屋根から、咲耶（さくや）が声をかけた。

「あまり、長居はしないほうがいいかも。悪いものが来そうだ」

「そうね、〈帝都〉に帰還しましょう」

「……」

レオニスは、ウル＝シュカールの遺跡のほうに目を向けた。

〈魔剣〉を奪った〈不死者の魔王〉を追跡したいところだが――

リーセリアたちだけを、先に帰らせるわけにはいかない。

それに、〈第〇七戦術都市（セヴンス・アサルト・ガーデン）〉に残したシャーリのことも心配だ。

（――どのみち、奴（やつ）とは遠からず、再びまみえることになるだろう）

そんな確信が、たしかにあった。

（業腹だが、それまで〈魔剣〉は預けておいてやる……）

呟（つぶや）いて、レオニスは静かに拳を握りしめた。

◆

三十分後。戦闘車両に乗り込んだレオニスは、〈機神〉の残骸を足元に押し込んだ。

「……動いたりしないわよね」

「ええ、大丈夫だと思いますけど」

尋ねるリーセリアに、レオニスは頷く。古代兵器に関してはそれほど詳しくないが、魔力炉は完全に破損しているので、まあ、大丈夫だろう。

「それじゃ、〈聖剣学院〉に戻りますよー」

レギーナが車両を発進させた。

ミラー越しに、遠ざかる〈ログナス王国〉の遺跡を眺めていると——

リーセリアが、そっとレオニスの頭に触れた。

「……セリアさん」

「レオ君、疲れたでしょう」

「ええ、まあ……」

レオニスは頷いて、

「いっぱい吸われたので……」

「……〜っ！」

途端、リーセリアは頬を真っ赤に染めて、

「ご、ごめんね、なんだか、無我夢中で記憶が……」

「いえ、かまいませんけど、ほどほどにしてくださいね」

「は、はい……」

リーセリアはしゅんと頭を下げた。

それから、レオニスの頭を優しく抱き寄せる。

「……？」

「レオ君、ゆっくり休んでね」

突然、睡魔が襲ってきた。

「……？」

見ると、リーセリアはひと差し指をたて、悪戯っぽく片目を閉じている。

（……〈睡眠〉の魔術？）

……ごく初歩的な魔術だ。

少しでも魔術を囓っていれば、普通はかかるものではない。

しかし、疲労の限界に達していた上、油断していたため、まともにかかってしまった。

無論、術を破ることはたやすいが――

髪を優しく撫でる彼女の指先が、あまりに心地よくて。

（……まあ、いいか）

そのまま、微睡みに身を任せてしまうのだった。

◆

——母があの男に殺されたのは、六歳のときのことだ。

人間の脳に〈人造精霊(アーティフィシャル・エレメンタル)〉を同期させる、軍の非公式の実験だった。

後年、〈天眼の宝珠(アイ・オヴ・ザ・ウイッチ)〉を使って〈アストラル・ガーデン〉に潜入し、当時の軍の資料を盗み出そうと試みたが、実験に関わる痕跡はすべて破棄されていた。

けれど、実験を主導したのが誰か、それは明らかだった。

〈第〇四戦術都市(フォース・アサルト・ガーデン)〉総督——ディンフロード・フィレット伯爵。

フィレット財団の総帥にして、エルフィーネ・フィレットの父。

あの男を父と思ったことはない。

彼は常に、娘である彼女を実験動物のように扱った。

優秀な〈聖剣〉を目覚めさせるため、幼子の頃から虐待のような教育を受け、日々、何十種類もの投薬を受けさせられた。

血を分けた兄弟は常に競争相手であり、敵だった。

その競争からいち早く抜け出した姉は、やはり、賢明だったのだろう。

——あの男と袂(たもと)を分かったのは、十四歳の時。〈聖剣〉の力に目覚めた彼女は、〈第〇四戦術都市〉を出奔し、〈聖剣学院〉に編入した。

それでも、あの男のことを、片時も忘れたことはなかった。

大切な母を、実験の犠牲にして殺したあの男は――

今なお財団の頂点に君臨し、〈魔剣計画〉なる計画を主導している。

星の与えし〈聖剣〉の力を虚無の力に堕とし、やがて、その使い手さえも〈ヴォイド〉の怪物にしてしまう、恐るべき計画を。

（……止めないと）

闇の中で、彼女はもがくように手を伸ばす。

（わたしが、あの男を、止めないと――）

彼女はそのために、この〈帝都〉に戻って来たのだから。

◆

「……う……ん……――」

朦朧とした意識の中、瞼を開いた。

だが、視界は茫漠とした暗闇に覆われている。

（……〈アストラル・ガーデン〉？）

ふと、そんなことを思ったが――

肉体の感覚は、ここが仮想世界ではなく、現実であることを教えてくれる。

両腕に痛みを感じる。拘束台のようなものに、磔(はりつけ)にされているようだ。
(……悪趣味ね)
呟(つぶや)いて、エルフィーネは頭の中に〈聖剣〉のイメージを思い描く。
「〈天眼の宝珠(アイ・オヴ・ザ・ウイッチ)〉――起動」
〈聖剣〉を起動する言葉を唱えた瞬間。
「……っ！」
電流のような痛みが、彼女の全身を襲った。
(……まあ、当然よね)
この拘束台は、〈聖剣〉使いを拘束するための装置だ。
ジャミングではなく、直接痛みを与えることで、〈聖剣〉の起動を妨げる。
原始的だが、それだけに効果的といえる。
(思考力も、落ちているわね……)
おそらく、なんらかの薬も投与されているのだろう。
唇を噛(か)んで、むりやり意識を覚醒させると、直近の記憶を思い出す。
(そう、ステーションで、フィレットの私兵に拉致されて……)
……意識を失った。そこからの記憶がない。
(ということは、フィレットの関連施設かしら……)

施設の場所はほぼ把握しているが、〈帝都〉の研究所だけでも六箇所はある。
なにか手がかりはないかと、眼を凝らした。
と、暗闇の中に――
闇よりもなお黒く浮かび上がる、なにかがあった。
三メルトほどもある、三角形の構造物。
（……ピラミッド？）
研究所には似つかわしくないが、なにかの実験装置だろうか……？
更に観察しようとした、その時。
「――祭壇だよ」
気配は突然、現れた。
かわいた靴音と共に、闇の中に、小さな魔力灯の明かりが生まれる。
「……っ!?」
エルフィーネは眼を見開いた。
数年ぶりに聞くその声を、その顔を、忘れたことはない。
――母を殺した男。
「ディンフロード・フィレット……」
声を震わせ、その名を呼んだ。

が、睨（にら）み据えるその視線を、意に介したふうも無く――

彼は、ピラミッドに明かりをかざした。

「これは〈女神〉の声を聞くための祭壇。二十八年前、フィレットの調査団が旧ヴェリアード大陸の遺跡を調査中に偶然発見し、持ち帰ったものだ」

「……――」

この男は、一体、なにを言っているのだろう……？

「〈女神〉の託宣は、〈人造精霊（アーティフィシャル・エレメンタル）〉の開発と、〈戦術都市計画〉に必要な基幹技術の知識を我等（われら）にもたらした。それが、フィレット家の繁栄の礎となったのだ」

「……気でも触れたのかしら、お父様？」

と、エルフィーネは精一杯の皮肉を口にした。

あるいは、本当に気が触れているのかもしれないが。

しかし、この男の口にした台詞（せりふ）の中に、気になる言葉があった。

〈女神……〉

それは、彼女が〈魔剣計画（D.project）〉の調査を進めている最中に出会った言葉だ。

〈魔剣〉の力に蝕（むしば）まれた者は、ほぼ全員が〈女神〉の声を聞いた、と証言していた。

その〈女神〉の声とは、〈聖剣士〉の訓練用に開発された〈人造精霊〉――〈熾天使（セラフィム）〉の深層意識暗示プログラムのことだと、彼女は確信している。

しかし、今この男の口にした〈女神〉とは、それとは違う何かのようだ。

「――これが、すべての始まりだった」

老人は呟いて、エルフィーネのほうに視線を向けた。

「お前が出奔して、三年いや、四年ぶりかな、我が娘よ」

「……あなたに、娘と呼ばれる筋合いはないわ」

「どう思おうと構わんが、お前がフィレットの後継者候補の一人であることは、揺るぎない事実だ。そのための権力も、今なおお前には与えている」

「そうね。私はあなたを排除して、フィレット財団のトップになるわ」

無論、それは伯爵家と財団を発展させるためではない。

フィレット伯爵家に関わる闇、そのすべてを終わらせるために――

「やはり、お前はフィンゼルよりも素質があるようだ」

ディンフロードは呟くと、魔力灯の明かりを彼女に近付けた。

「……どういうこと？　こんなふうに、無理矢理に拉致させて――」

視線で人が殺せないだろうか、ふと、そんなことを頭の隅で考える。

「お前は私の道具だ、必要な時に手元に戻したまでのこと」

「……っ！」

拘束具さえなければ、この男の頬を張っていた。

唇を噛(か)んで、どうにか冷静さを取り戻す。

……この男の盤上に乗ってはだめだ。

「――〈魔剣計画(D.project)〉は、あなたの主導ね、ディンフロード」

と、切り札を切る。

「証拠を掴(つか)んでいるわ。〈ハイペリオン〉の事件でも、船を乗っ取るために、フィレットの〈人造精霊(アーティフィシャル・エレメンタル)〉を反帝国組織に供与しているわね。それに、〈第〇七戦術都市(セヴンス・アサルト・ガーデン)〉の港に、〈ヴォイド〉を運び込んだ件にも――」

「――やはり、優秀だな」

「……認めるの？」

「ああ、すべて私の関わったことだ」

……開き直りだろうか。

彼女を拘束している以上、そんなことはどうでもいい、と。そういうことか。

「私が帰らなければ、〈魔剣計画〉の調査報告がバラ撒(ま)かれることになるわ」

……これは、はったりではない。

彼女の生み出した〈人造精霊〉ケット・シーに、そう設定してある。

（……本当は、もっと証拠を集めてから、効果的に使うつもりだったけど）

――とくに〈魔剣計画〉に関しては、まだ不明な闇が多い。

元々は軍の一部が主導した計画であり、〈聖剣〉をより強化するための実験だった。

しかし、その計画は凍結され、フィレットに引き継がれたのだ。

「――〈魔剣計画〉とはなに？」

答えが返ってくるなどと、期待したわけではないが――

「〈魔剣計画〉は、〈女神〉に捧げる贄の儀式だ」

と、ディンフロードは答えた。

「……女神？　贄？」

「星に与えられた〈聖剣〉を穢し、〈魔剣〉と為す。それは、裂け目の向こう側にある〈虚無世界〉と、虚無の〈女神〉を召喚する呼び水となる」

「なにを言って……――」

言いかけて、エルフィーネは気付く。

落ち窪んだ老人の眼が、狂おしい光をたたえていることに。

彼の目にあるもの、それは、敬虔な信仰の光だ。

「フィンゼルも、〈魔剣計画〉に関わっていたわね――」

「そうだ。奴は愚かだが、研究に関しては優秀だった」

答えるその声には、なんの感情もない。

「彼も、あなたにとっては道具なのね――」

兄のことを、少しだけ哀れに思う。

この男の息子でさえなければ――

彼は、あそこまで壊れることはなかったのではないか？

「フィンゼルは――」

私が殺した――と告白すれば、さすがに動揺するだろうか。

と、そんなことを考える。

「――フィンゼルは、私が喰ったよ」

彼の口から発せられた、その言葉に――

エルフィーネは凍りついた。

「……な、にを……――」

「完全に〈ヴォイド〉となる前に、我が糧とした」

「……」

今度こそ、絶句した。

……一体、彼は何を言っているのだろう？

全身に得体のしれない悪寒が走る。

（まさか、この男も……――）

フィンゼルと同じように、虚無の怪物になったのか……？

「あれは愚かな息子だった。失敗作だった。だが、お前は違う」

「……嬉しくないわね」

「いいや、喜ぶべきことだ」

ディンフロードは首を横に振った。

「お前はもとより、〈女神〉の器となるために生み出されたのだから」

「……え？」

と、エルフィーネは戸惑いの表情を浮かべる。

——生み出された？

その言葉が、妙に引っかかった。

「〈人造人間〉の技術は、〈女神〉の託宣によってもたらされた」

「……ホムンクルス？」

「軍はその技術を兵器に転用しようと考えたが、計画は失敗した。〈人造人間〉は、星の祝福である〈聖剣〉を宿すことができなかったのだ——」

「……」

「計画は凍結された。しかし、私はこの技術に可能性を感じ、研究を続けた。強力な〈聖剣〉使いの遺伝子を掛け合わせ、数百体の失敗作を生み出し、そして、ようやく——」

と、彼はエルフィーネの頬に触れた。

「〈聖剣〉を宿しうる、唯一の〈人造人間〉を生み出すことに成功したのだ」

「……ま……さ、か……──」

　エルフィーネの顔が凍り付く。

「それは、期待通り──いや、期待を遥(はる)かに超えて、強力な〈聖剣〉を宿した」

「……嘘(うそ)よ……そんな、こと……」

　拘束台の上で、エルフィーネは激しく首を振った。

　しかし、彼は続ける。

「お前は研究施設で生み出された、フィレットの最高傑作。真に強力な〈聖剣〉を宿すかどうかは、賭けであったが、十分に成功した」

　ディンフロードが、懐からなにかを取り出した。

　光を反射しない、小さな三角錐(さんかくすい)の欠片(かけら)だ。

「……っ、なにを……なにをするつもり、なの……?」

「魂を持たぬ器に、〈女神〉の魂を満たすのだ」

　漆黒の欠片(かけら)が、エルフィーネの心臓に溶け込んだ。

「これでよい。これで──我が悲願が叶(かな)う」

「……っ……く、う……──」

　黒く塗り潰されてゆく意識の中で──

（セリア……レギーナ、咲……耶……――）

彼女は、仲間の名前を呼んだ。

（レオ……君……）

第五章　魔王蠢動

Demon's Sword Master of Excalibur School

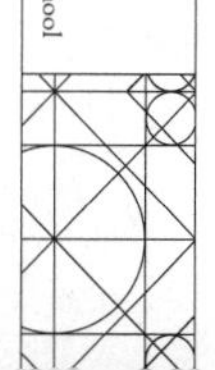

……レオ……レオニス……――

彼女の細い指先が、優しく頬を撫でる。

時の狭間にある〈女神〉の神殿で、凱旋した魔王は戦の傷を癒す。

見下ろしてくる闇色の瞳。

彼女の膝の上で、彼は手を伸ばした。

その手は、彼がまだ、完全な不死者の肉体になる以前の手だ。

戦乱の中で、何度も死を繰り返すたび、彼の肉体は不死の怪物へと近づいてゆく。

「ロゼリア、僕は――失ってしまった、君に貰った、大切なものを……」

「……そう、それは困ったね」

彼女は微笑んだ。

艶やかな黒髪が、彼の頬に落ちかかる。

「うん――」

「でも、おかしいな……」

「……え？」

「だって、君にあげた剣は、ちゃんとここにあるじゃないか」

彼女の指先が、伸ばしたレオニスの手を掴んで——……

◆

「……くん……レーオーくん？」

「……う、ん……」

耳元で囁く可憐な声に、レオニスは眼を覚ました。

「……あ、セリア……さん、おはようございます」

「おはよう」

リーセリアはくすっと微笑んで、少し癖のある髪をなでてくる。

戦闘車両はガタガタと揺れている。

膝枕の上からゆっくりと起き上がり、レオニスは眼をこすった。

防壁ガラスの外はもう真っ暗だ。

「ごめんね、起こしちゃって……」

「いえ、なにかあったんですか？」

「咲耶が、虚無の匂いがするって。気を付けたほうがいいかも」

レオニスは天井を見上げた。

咲耶は戦闘車両の屋根に座り、見張りをしているようだ。

〈サンダーボルト〉にも、〈ヴォイド〉を探すための魔力探知装置は備わっているが、咲耶の直感の方があてになる。

「……なるほど。警戒したほうがいいですね」

レオニスは、影の中から〈封罪の魔杖〉を取り出そうとして――

「……」

「……レオ君？」

「いえ、なんでもありません」

心配そうに眉をひそめるリーセリアに、レオニスは首を振る。

と、彼女はレオニスの頭にぽんと手をのせて、

「レオ君、夢を見てたの？」

「……？　ええ、なにか寝言でも言ってましたか？」

「うん、えっと、ね……わたしの名前を呼んでた」

「セリアさんの名前を……？」

はて、とレオニスは首をかしげた。

夢に出てきたのは、リーセリアではなく、ロゼリアのはずだ。

——と、少し考えて。ああ、と思いあたる。

（ロゼリアが、リーセリアに聞こえたのか……）

そういえば、音の発音は少しだけ似ているかもしれない。

それにしても——

なぜ、あんな夢をみたのだろう？

（やはり、〈魔剣〉が手元にない違和感が、無意識に影響を与えているのか……）

「あのー、お嬢様、少年とイチャイチャしてるところ申しわけありませんが——」

と、操縦席のレギーナが、内線で話しかけてきた。

「い、イチャイチャ……してないもん！」

顔を赤らめ、頬（ほお）を膨らませるリーセリア。

「はいはい……って、ほら、来ますよ！」

「……っ!?」

戦闘車両（バトル・ヴィークル）が急にスピードを上げた。

「わっ！」

ガクン、とつんのめって、レオニスはリーセリアの胸の中に倒れ込む。

「……セリアさん、す、すみません!?」

「ううん、大丈夫。レオ君こそ、怪我（けが）はない？」

リーセリアはレオニスをぎゅっと抱きしめて、

「レギーナ、急にどうしたの？」

「窓、見てください！」

「……？」

リーセリアは窓の外へ眼を向ける。と――

空を飛翔する、巨大な鳥のような化け物が、群れなして車両を追ってくる。

「……大型の〈ヴォイド〉!?」

「データベースの照合完了……っと。未確認の個体のようですね」

咲耶の直感があたったようだ。

戦闘車両の車体が大きく跳ねる。

「……っ、レオ君、しっかりつかまって！」

鼻先に豊満な胸が押しあてられ、ドキドキと胸が高鳴る。

（……っ、眷属のクッション性能が、すごい……）

と、そんなことを考えていると、
キシャアアアアアア……！

真っ暗な空を舞う、飛行型〈ヴォイド〉の群れが急降下してくる。

「このおおっ、落ちろーっ！」

レギーナが叫んだ。〈サンダーボルト〉に装備された35㎜機関砲が火を噴くが、〈ヴォイド〉に対して通常兵器はほとんど効果が無い。

「……っ、突っ込んできます！」

レオニスはやれやれ、と窓の外へ眼（め）を向けると、

無詠唱で、第五階梯（かいてい）――〈絶死（デス・イネ）〉の呪文を発動する。

戦闘車両（バトル・ヴィークル）に突っ込む直前。

飛行型〈ヴォイド〉の群れは突然、首をがくりと垂れ、次々と地面に墜落する。

ズシャアアアアンッ！

地響きのような墜落音と共に、激しい土煙が舞い上がった。

「ええっ、な、なんなんです!?」

「……レオ君？」

さすがに、リーセリアは察したようだ。

「この〈サンダーボルト〉を壊されたら、怒られますからね」

レオニスは肩をすくめた。

……〈魔王軍〉の財務管理担当の怒り顔が目に浮かぶようだ。

と――

「やあ、少年――」

「うわっ！」

突然、窓に逆さになった顔が現れ、レオニスは腰を抜かした。

「……咲耶さん、おどかさないでください」

「ふぅん、少年はこういうのに弱いのか、なるほど」

窓にはりついた咲耶が、ふふっと微笑して、

「いまのは尖兵だね。まだまだ来るよ」

「……え？」

リーセリアが声を発した、その時。

「――四時方向、飛行型〈ヴォイド〉の敵影を多数確認！」

レギーナの声が響く。

窓の外に眼を凝らせば――

夜の暗闇の向こう、空を飛ぶ無数の影が、こちらへ接近してくる。

先ほどの〈ヴォイド〉よりは小型だが、かなりの数だ。

「わたしが撃ち落とします。お嬢様、運転を任せてもいいですか？」

「わたし、大型の戦闘車両の運転経験はないわよ」

「大丈夫です。とにかく、全力で飛ばしまくっちゃってください」

「……わかったわ」

緊張の表情で、頷くリーセリア。

「レオ君、お留守番お願いね」

「子供扱いしないでください」

「ふふっ、ごめんね」

憮然とするレオニスの頭をそっと撫でてから、彼女は操縦席へのハッチを開く。

レオニスは、〈ヴォイド〉の群れに視線を向けた。

（……あまり、俺が手助けしすぎるのもよくないか）

それに、ここ数日で使い過ぎた魔力を、少しでも回復したいところだ。

本当にピンチになった時は力を貸すが、その程度でかまわぬだろう。

（眷属たちの成長を見守るのも、また一興……）

と、座席に腰掛けようとして——

ゴガッ！

足元のなにかに躓き、天井の縁でしたたかに頭を打った。

「……～っ！」

「レ、レオ君、大丈夫？　いますごい音がしたけど？」

「だ、大丈夫です……」

額を押さえつつ、操縦席のリーセリアに答える。

（……っ、こ、この〈不死者の魔王〉にダメージを与えるとは……）

怒りをこめて、足元に目をやれば――

「……」

転がっているのは、座席下に押し込んでいたはずの〈機神〉の上半身だ。

先ほどの衝撃で、飛び出して来たらしい。

「……まったく」

嘆息し、元の場所に戻そうと首を持ち上げた、その時。

「魔力を確認……生存モード……再起動……――」

手にした〈機神〉の首が、パチリと目を開けた。

◆

「団体さんのお出ましですね」

操縦席から梯子（はしご）を上り、レギーナは戦闘車両（バトル・ヴィークル）の屋根に頭を出した。

吹き荒（すさ）ぶ砂礫（されき）まじりの風が、ツーテールの髪をもてあそぶ。

「先輩、頼んだよ。空を飛ぶやつは苦手なんだ」

〈雷切丸（らいきりまる）〉を手にした咲耶（さくや）が、レギーナの腕を掴（つか）んで引き上げる。

「任せてください」

舌なめずりしつつ、両脚を戦闘車両（バトル・ヴィークル）の固定台にロックする。〈サンダーボルト〉に標準搭載された、遠距離砲撃型〈聖剣士〉をサポートするための機構だ。

「〈聖剣〉起動――〈第〇四號竜滅重砲（ドラゴン・スレイヤー）〉！」

レギーナの肩に巨大な火砲が出現した。聖剣〈猛竜砲火（ドラグ・ハウル）〉の対大型殲滅（せんめつ）形態だ。

「消し飛べえええええええっ！」

ズオオオオオオオオオンッ！

轟音（ごうおん）と共に放たれた閃光（せんこう）が、翼竜型〈ヴォイド〉を撃ち落とす。

「すごい、大型〈ヴォイド〉を一撃で――」

「ふふん、咲耶（さくや）、驚きましたか。わたしの〈聖剣〉も、パワーアップしてるんですよ」

得意げに胸を張るレギーナ。

ここ数ヶ月（すうかげつ）の度重なる実戦経験で、〈猛竜砲火〉の威力は一段と増している。

チャージを必要とするものの、最大威力を誇る〈超弩級竜雷砲（ドラグ・ブラスト）〉のモードなら、超大型の〈ヴォイド〉にも通用するかもしれない。

「――先輩、下からも来るよ」

「……下？」

レギーナが振り向くと、

ゴゴゴゴゴゴゴゴゴ……！

地鳴りのような音がして、あたりに土煙が立ちこめる。

「な、なんです……？」

■■■■■■■■■■■■■■■ッ――！

耳をつんざく咆哮（ほうこう）と共に、地中から巨大な長虫が出現した。

「……っ、ワーム級〈ヴォイド〉の亜種!?」

〈大狂騒（スタンピード）〉発生時にしか確認されたことのない、超大型〈ヴォイド〉だ。

それも、データベースにない未知の個体――

高層ビルのようなその巨体に、進路が完全に塞がれてしまう。

「レギーナ、ど、どうすればいいの？」

操縦席のリーセリアが困惑した声を上げる。

「お嬢様、ブレーキは踏んじゃダメです。このまま突っ走ってください」

「ええっ!?」

「止まった瞬間にぱっくり餌食ですよ」

「……わ、わかったわ！」

〈サンダーボルト〉は更にスピードを上げる。

「咲耶、お願いできますか？」

「ああ、お刺身にしてくる。援護は頼んだよ、先輩――」

〈雷切丸〉を手に、咲耶は戦闘車両から勢いよく飛び降りた。

◆

「……っ！」

レオニスは思わず、〈機神〉の上半身を足元に取り落とした。

ガンッ、と鈍い音が響く。

仰向けになった〈機神〉の、硝子のような瞳と眼が合った。

「……」

「……」

「……〈機神〉シュベルトライテ・ターミネイト」

おそるおそる、レオニスは〈魔王〉の名を呼んでみた。

「――肯定」

〈機神〉が口を開く。

頭に装着している、ツノのような装飾が魔力光を明滅させた。

「……自己修復したのか？」

「肯定。思考活動に限定し、回復しました」

無表情のまま、冷たく答える彼女。

足元に転がる〈機神〉の残骸を見下ろして、レオニスは冷静さを取り戻す。

(……ふむ、〈人造精霊〉による制御は解かれたようだな)

あるいは、彼女があの〈不死者の魔王〉を攻撃したときには、すでに支配から外れていたのかもしれないが——

(……なんにせよ、この状態ではなにができるわけでもあるまい)

レオニスは屈み込むと、〈機神〉の残骸を起こし、座席に立てかけた。

そして、訊ねる。

「シュベルトライテよ、俺のことがわかるか?」

「……——否定。記憶にありません」

と、彼女は首を振った。

(……記憶を失っているのか)

彼女の受け答えから、なんとなく、そんな気はしていた。

少年となった今のレオニスの姿を見て、同じ〈魔王〉とは見抜けぬまでも、遺跡で激しい戦闘を繰り広げたのだ。記憶にない、ということはないだろう。

「お前は何者だ?」

「私はシュベルトライテ・ターミネイト。■■を……滅……星……の守護者――」

〈機神〉は口を閉ざしたまま固まった。

「どうした？」

「……――自己認識領域を……破損――……修復に……失敗」

「ふむ、やはり、自爆攻撃の影響で記憶が壊れているようだな」

レオニスは頷(うなず)いて、

「では次の質問だ。お前はあの遺跡で、何を守っていた？」

「……――不明……該当の記憶領域を破損」

「何も覚えていないのか……」

落胆のため息を吐(つ)く。

この様子では、〈ヴォイド〉やこの世界のことを訊(き)いても無駄だろう。

（……いや、待て。ある意味、これは僥倖(ぎょうこう)かもしれん）

と、レオニスは思い直した。

記憶を失っている、ということは――

この最強の魔導兵器を、意のままに操る絶好のチャンスだ。

胸中で悪い笑みを浮かべ、レオニスは〈機神〉にひと差し指を突き付けた。

「――〈機神〉よ。じつは俺が貴様の〈マスター〉だ」

「……──」

と、彼女は眼を見開く。
頭部のツノのようなパーツが明滅し、

「否定。あなたは〈マスター〉ではありません」

無機質な声が返ってくる。
レオニスはぐぬ、と唸った。
そう都合よくはいかないようだ。

「貴様の〈マスター〉とは、〈叛逆の女神〉のことか？」

「肯定。我が唯一の〈マスター〉は──ロゼリア・イシュタリス」

「……ふむ、その記憶は壊れていないのか」

〈マスター〉の記憶こそが、彼女の存在の根幹をなすものなのだろう。

（さて、どうしたものか……）

おとがいに手をあて、レオニスは考え込む。
人類の高度な魔導技術を用いて、破損した記憶を修復することは可能だろうか──
〈機神〉の思考回路を〈仮想量子空間〉に接続し、記憶領域に直接潜り込めば、なにか有益な情報を引き出せるかもしれない。

（……となると、やはりエルフィーネの力が必要だな）

その時、ドンッと突き上げるように、車体が大きく跳ねた。

「……わっ！」

シュベルトライテの頭部がゴンッと壁に激突する。

「……記憶領域が……小破……――」

「……なっ!?」

レオニスはあわてて、〈機神〉の身体（からだ）を抱きかかえた。

（……衝撃に弱くなっているのか!?）

「レオ君、いますごい音したけど、大丈夫?」

「え、ええ、大丈夫です！」

「ちょっと揺れるから、しっかり掴（つか）まってて」

「わ、わかりました……！」

操縦席に返事をするレオニス。

と――

「マスター?」

シュベルトライテが声を発した。

「……なに?」

「マスターがそこにいるのですか?」

〈機神〉は隔壁のハッチのほうへ目を向けた。

「……マスターとは、リーセリアのことか？」

「――肯定」

シュベルトライテのツノが応答するように光った。

「なぜリーセリアがマスターなんだ？」

レオニスは問い詰める。

ロゼリアを唯一の主と認める彼女が、リーセリアを〈マスター〉と呼ぶ理由。

〈ログナス王国〉の遺跡で、なぜ、彼女を攫ったのか。

それに、満身創痍の状態で〈不死者の魔王〉に攻撃を仕掛けたのも、リーセリアを守るためのように見えた。

「彼女は、〈マスター〉の存在の一部を宿しています」

「……な、に？」

レオニスは目を見開き、シュベルトライテの肩を掴んだ。

「〈機神〉よ、それは、どういうことだ!?」

まさか、リーセリアが……

〈叛逆の女神〉の魂を宿した転生体、だとでもいうのか――？

（いや、そんなはず、そんな偶然があるものか――）

リーセリアと出会ったのは、彼女がたまたま遺跡の調査に来たからだ。

それに、もし、彼女がロゼリアの転生体なのだとすれば――

（……ロゼリアに賜った〈魔剣〉がなんらかの反応を示すはず）

しかし、これまで、〈魔剣〉がリーセリアに反応したことはないはずだ。

「ロゼリアの一部、と言ったな。どういうことだ？」

「私はただ、〈マスター〉の魂を感知した。それだけのこと」

「……」

レオニスは胸中で歯噛(はが)みする。

やはり、肝心な部分の記憶が壊れているようだ。

「私を〈マスター〉のところへ――」

と、シュベルトライテが操縦席のほうへ首を向けた。

レオニスは、少し考えて……

「……よかろう」

〈機神〉の胴体を持ち上げる。

（……ひとまず、彼女に害をなすことはあるまい）

それに、リーセリアに対面させることで、なにか思い出す可能性もある。

両腕に〈機神〉を抱えたまま、レオニスは操縦席へのハッチを開いた。

◆

「あの、セリアさん……」

「レオ君？　ご、ごめんね、いま手が離せないのっ！」

ハンドルを握り込んだリーセリアが、前を向いたまま答える。

前方には土煙がたちこめ、視界が悪い。

「どうしたんです？」

「超大型の〈ヴォイド〉が……って、え？」

「――〈マスター〉」

と、シュベルトライテが、リーセリアの肩に手をのせる。

「ふああっ!?」

リーセリアは思わず、ブレーキを踏んだ。

「……っ!?」

急減速した〈サンダーボルト〉の車体が激しく揺れる。

シュベルトライテの頭部が計器に派手に激突した。

「――記憶領域を破損」

「……っ、セ、セリアさん、気を付けてください」

「ええっ!?」

リーセリアは再び〈戦闘車両〉のスピードを上げつつ、後ろを振り向いた。

「……あ、その娘、目を覚ましたのね」

「はい、ただ、記憶を失っているみたいで……」

「何も覚えていないの？　わたしを攫ったこととか、襲って来たこととか」

「みたいですね。ただ、セリアさんのことを〈マスター〉と――」

「セリアお嬢様、マズイです、追い付かれます！」

屋根の上でレギーナが叫んだ。

「……っ、そ、そうだっ、レオ君、今はそれどころじゃないの！」

リーセリアが、ハンドルをぐっと握りしめる。

ズウウウウウウウウウウウウンッ！

地鳴りと共に、凄まじい震動が〈サンダーボルト〉を襲った。

「な、なんですか？」

「超大型〈ヴォイド〉よ。咲耶が引き付けてくれているけど――」

レオニスは、土煙の立ちこめる窓の外に目をこらした。

全長数十メルトもありそうなワームの巨体の上で、咲耶が攻撃を繰り出している。

しかし、装甲のような皮膚を貫けず、苦戦しているようだ。

あれに襲われたら、この〈サンダーボルト〉も一撃でスクラップだ。

（……さすがに、手を貸すか）

レオニスが呪文を唱えようとした、その時。

「──あれは、〈マスター〉の敵ですか？」

と、シュベルトライテが口を開いた。

「え、ええ……」

戸惑いいつつも、こくっと頷くリーセリア。

「……なんだ？　あれと戦うとでも言うのか？」

「肯定です」

無表情に頷くシュベルトライテ。

「いや、さすがにその状態で戦闘は無理だろう」

と、シュベルトライテは片腕を、操縦席の計器に乗せた。

「この魔導機器に、私を接続してください──」

「……なんだと？」

「この魔導機器に使われている基幹技術は、私の素体を形作るものと共通している。接続することは可能です」

無茶苦茶なことを言い出すシュベルトライテ。

（人類の対ヴォイド兵器と、超古代文明の〈機神〉が、同じ基幹技術を……）

帝弟アレクシオスの話によれば、人類の高度な魔導技術は、星によってもたらされた知識を基礎としている、ということだが――

あるいは、魔導技術文明は、同じような進化を辿るということなのだろうか。

そんなことを考えている間に、シュベルトライテは腕の切断面から無数の端子を伸ばし、〈サンダーボルト〉の計器にどんどん接続する。

「待て、勝手なことを……！」

「――接続。同期完了、本機体を掌握しました」

シュベルトライテの頭のツノが魔力光を発する。

「……!?」

「えっ、ハンドルが勝手に!?」

驚きの声をあげるリーセリア。

ハンドルがくるくると回りだし、車体が更に加速する。

「おわっ……」

バランスを崩し、シートの下に転がるレオニス。

「な、なにをするつもりだ……！」

「ちょっ、急にどうたんですか、お嬢様っ？」

上にいるレギーナも混乱しているようだ。

「武装が貧弱ですね。〈光粒子爆裂砲〉はないのですか？」

「そんなものはないぞ」

ひっくり返りながら、つっこむレオニス。

「しかたありません。私の〈圧縮魔力炉〉の魔力を一部変換しましょう」

「なに？」

〈サンダーボルト〉に接続した端子が、魔力の光を帯びて輝く。

と、次の瞬間――

「――〈滅神光槍（ラグヴァ・ライテ）〉」

〈サンダーボルト〉唯一の武装である、35㎜機関砲の砲身が眩（まばゆ）い閃光（せんこう）を放った。

ズオオオオオオオオオオオオオンッ！

解き放たれた光の槍（やり）が超大型〈ヴォイド〉の頭蓋を爆散させた。

同時に、35㎜機関砲の砲身も破裂して蒸発する。

「お嬢様、な、なんですかいまの！〈超弩級竜雷砲（ドラグ・ブラスト）〉みたいなのが――」

「……」

レオニスとリーセリアが、唖然（あぜん）として言葉を失う中……

「――目標沈黙」

〈サンダーボルト〉と接続した〈機神〉は、無機質な声を発したのだった。

◆

〈次元城〉――実存世界と虚無の世界の狭間に浮かぶ、逆しまの城。

半壊した〈不死者の魔王〉の骸は、その祭壇に横たえられていた。

「……驚きましたね。なんという生命力――いや、死の力か」

祭壇の前に跪き、ネファケス・レイザードは感嘆の息をこぼす。

「しかし、危ないところでした。まさか、〈機神〉が自爆するとは――」

あの瞬間、ネファケスが次元の狭間に引きずり込まなければ、いかに〈不死者の魔王〉といえど、滅びていたかもしれない。

「――お役に立てて光栄ですよ、魔王陛下」

ネファケスは右手の甲に目を落とし、美しい顔を皮肉に歪ませた。

その手には、眷属の刻印が刻まれている。

彼が不用意にも、封印の結晶に触れた、あの瞬間。

魔王の怒気に触れた彼は、たしかに殺された。

しかし、〈魔王〉の前で、死は絶対のものではない。

〈不死者の魔王〉は、彼を不死者の眷属として甦らせたのだ。

ただの気まぐれか、少なくとも、有用な駒にはなると思われたのか――

――その真意は不明だが。

「大いなる〈魔王〉レオニス・デス・マグナスよ。御身は、まだ眠りから覚めたばかりの身、いましばらくは、ここで力をお蓄えください」

ネファケスは忠臣のごとく跪き、深く頭を下げた。

半壊した〈不死者の魔王〉の骸は、すでに修復されつつある。

だが、今しばらくは、活動することはできまい。

「ヴォイド・シフト計画。実存世界への侵攻は、遅延しそうですね――」

本来であれば、人類の生み出した〈熾天使〉によって、八番目の〈魔王〉――〈機神〉シュベルトライテも、手中に収めているはずだったのだが。

「まあ、いいでしょう。〈女神〉の預言の一部は遂行されたのですから――」

と――

「――遂に〈不死者の魔王〉を手に入れたか」

虚空に生まれた裂け目から、人影が姿を現した。

鱗の甲冑に身を包み、片刃の双剣をさげた、竜の頭を持つ剣士。

〈六英雄〉の〈龍神〉――ギスアーク・セイントドラゴン。

〈剣聖〉シャダルクと共に、〈魔王軍〉と戦った、人類の英雄。

「これは、ギスアーク閣下――」

ネファケスは立ち上がり、振り向く。

「〈剣聖〉のほうは、どうでしたか」

「あれはもう手遅れだ」

ギスアークは苦々しく呟く。

「〈女神〉を滅ぼす意思が、具現化した存在。手に負えるものではない」

「では、取り込まれた〈鬼神王〉は諦めると」

「計画に、すべての〈魔王〉が必要なわけではあるまい」

龍神は、〈不死者の魔王〉の祭壇に手をかけた。

「この〈不死者の魔王〉は、お前たちに制御できるのか？」

「〈魔王〉を支配できるのは、〈女神〉のご意思のみでしょう」

「虚無の司祭らしい物言いだな」

そう皮肉を呟いて――

六英雄の〈龍神〉は、祭壇に横たわる骸の額に手を触れた。

――と、その瞬間。

「……オ、オオ……オオオ、オオオオオオ……――！」

髑髏の眼窩に、突然、真紅の光が灯った。

「――なに!?」

驚愕の声を上げるギスアーク。

刹那。〈不死者の魔王〉の手に、ひと振りの剣が顕現し――

一閃。〈龍神〉の心臓をまっすぐに刺し貫いた。

「……っ……か、はっ……！」

〈龍神〉の血飛沫が、祭壇を赤く染め上げる。

「……っ、おの……れ……！」

ギスアークが腰の双剣に手をかけた。

神々の生み出した〈魔王殺しの武器〉の一つ――〈レスカ・キシャール〉。

――だが、〈龍神〉の心臓を貫いた刃が、禍々しい光を帯びて輝く。

「……っ、ばか、な……この……剣は、まさか、〈魔剣〉……!?」

ギスアークが眼を見開くと同時――

闇の光が爆ぜ、〈龍神〉の肉体はバラバラに引き裂かれた。

「おお……！」

ネファケスが感嘆の息を漏らした。

「最強の〈使徒〉を、こうも容易く……」
祭壇に横たわる骸の王が、輝く剣を手にしたまま、ゆっくりと起き上がった。
瘴気に覆われた骨の指先が、転がった〈龍神〉の首に触れる。
と——
〈ネファケス卿、コレハ何ゴトカ……〉
突如、虚空に生まれた裂け目から——
〈六英雄の〈龍神〉は、我等〈使徒〉の最高戦力——〉
〈我等の女神は、ギスアーク・セイントドラゴンの死を預言しておらぬぞ〉
おぞましき姿をした、虚無の怪物たちが姿を現した。
〈使徒〉序列十位——海魔王、ネレゲイドス・ヴォイド・デストロイア。
〈使徒〉序列七位——魔怪公爵、ボルザーザ・ヴォイド・ロード。
〈使徒〉序列四位——冥府の騎士、シュタイザー・ヴォイド・ナイト。
虚無の〈女神〉の呼び声に導かれ、甦った最高位の〈使徒〉。
圧倒的な力を有する、旧〈魔王軍〉の将軍格だ。
〈——〈不死者の魔王〉、汝ハ〈女神〉ノ手ニスギヌ——〉
〈左様、如何に〈魔王〉とて、預言を違えてはならぬ——〉
三人の〈使徒〉が、〈不死者の魔王〉を取り囲んだ。

「……なにをなさるおつもりですか？」

「再度、封印ノ儀ヲ……施スノダ……」

「〈不死者の魔王〉といえど、今の不完全な状態であれば、我等でも御し得よう」

三人の〈使徒〉が印を結び、結界魔術による束縛を試みる。

しかし——

……オ、オオ……オオオ、オオオオオ……——！

浮かび上がった〈不死者の魔王〉の指先から、死の瘴気がほとばしった。

〈……ナ、ニ……!?〉

〈……っ、お、おおおおおっ！〉

〈……まさか、これほど、とは……あああああああ……！〉

次元の狭間に、断末魔の声が響き渡る。

死の瘴気が、〈使徒〉の息の根を一瞬で止め、その肉体を腐敗させた。

「……なん、と……なんという……」

六英雄と〈使徒〉の屍の前で、ネファケスは戦慄する。

（これが、あまねく死を統べる者、最強と謳われた〈不死者の魔王〉——）

同時に、彼は嗤った。

〈不死者の魔王〉は、すでに〈女神〉の魂を宿し、その意思を継承している。

骸の王の指先が、腐敗した〈使徒〉の屍に触れ、魔力を注ぎ込む。

「汝等、我ガ下僕トナリテ、軍ヲ率イルガイイ――」

眼窩に輝く灯火が、赤く赤く輝きを増した。

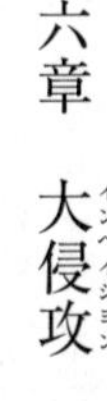

第六章　大侵攻（インベイジョン）

帝国標準時間一四〇〇（ヒトヨンマルマル）――〈第〇八戦術都市（エイス・アサルト・ガーデン）〉。

「小隊長、あの……」

選（え）りすぐりの〈聖剣士〉で構成された部隊が、〈帝都〉の周辺に出現した〈裂け目〉の調査をしていた、その時のことだ。

探査系の〈聖剣〉を展開していた一人が、空を指差して怪訝（けげん）そうな顔をした。

虚空（こくう）の〈裂け目〉は、まるで巨大な眼（め）のように地上を見下ろしている。

「どうした？」

「いえ、気のせいかもしれないのですが」

「なんだ？　なんでもいい、言ってみろ」

小隊長は、何度も〈巣（ハイヴ）〉の掃討を指揮してきた経験豊富な騎士だ。探査系の〈聖剣〉使いの直感は、決して軽んじるべきではないと知っている。

「は、はい……その、あの〈裂け目〉なのですが――」

彼は真上を見上げて呟（つぶや）いた。

「いま、わずかに、広がったような……」

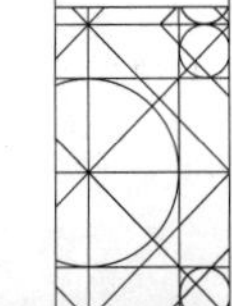

「なに？」

……ピ……——シィ……——

と、硝子(がらす)のこすれるような微(かす)かな音が、あたりに響いた。

その音は、ほかの隊員にもはっきりと聞こえた。

「……っ、情報管理局に報告だ。帝都上空の〈裂け目〉に、異変を察知、と」

「はい……」

——頷(うなず)いた、その時だ。

ピシッ……ピシピシピシッ……ピシピシッ——

彼等の周囲に、無数の亀裂が生まれた。

◆

〈虚無世界〉の夜は明け、空は再び血のような赤に染まりはじめている。

〈機神〉と融合した戦闘車両(バトル・ヴィークル)は、土煙を蹴立てて荒野を走り抜ける。

途中、〈ヴォイド〉の群れと何度か遭遇したが、いずれも小規模な群れだったため、レギーナと咲耶(さくや)の二人だけで殲滅(せんめつ)することができた。

シュベルトライテの上半身は、作業用テープで操縦席に固定されていた。

「えっと……ライテちゃん、大丈夫？　疲れてない？」

シュベルトライテの肩に手をのせ、リーセリアが気遣わしげに訊ねた。

……この眷属、〈魔王〉の名を略称で呼んでいる。

「問題ありません、〈マスター〉。消費される魔力は微々たるものです」

「……それならいいけど。無理はしないでね」

「──あっ、お嬢様、あの〈裂け目〉が見えて来ました！」

と、天井の手摺りに掴まったレギーナが声を上げた。

「この速度なら、数時間ほどで〈第〇七戦術都市〉に戻れるわね」

と、車両の望遠カメラで〈裂け目〉を確認しながら、リーセリアが言う。

こころなしか、その声は弾んでいるようだ。

やはり、〈裂け目〉のこちら側の世界に居続けるのは、不安だったのだろう。

「寮に帰ったら、シャワーが浴びたいわね」

「わたしは、ラ・パルフェのフルーツケーキ食べ放題に行きたいです♪」

「ボクは一度、オールドタウンの屋敷に戻るよ。雷翁たちも心配してるだろうから」

「──疑問。フルーツケーキとはなんですか？」

シュベルトライテのツノが激しく明滅した。

「デザートよ。季節のフルーツを使ったケーキで、とっても美味しいの」

「興味深いです、〈マスター〉」

「……いや、お前は魔導兵器だろう」

と、小声でつっこむレオニス。

……それとも、食べ物を魔力に変換する機能があるのだろうか？

それにしても、シュベルトライテはリーセリアに懐いているし、リーセリアも、シュベルトライテを気に入ったようで、甲斐甲斐しく世話を焼いている。

(それは一応、〈魔王〉なのだが……)

……とはいえ、同じ魔王のレオニスもなんだかんだ、リーセリアに甘やかされているので、人のことは言えないのだが。

「学院に戻ったら、義肢を付けてもらいましょう。あと、服は――とりあえず、わたしのお下がりの制服でいいかしら。きっと似合うと思うわ」

「――〈マスター〉とお揃い」

無表情のまま、ツノをピカピカと光らせるシュベルトライテ。

と、そんな仲睦まじい二人を、複雑な表情で眺めつつ、レオニスは黙考する。

シュベルトライテが、リーセリアを〈マスター〉と認識していることに関して、レオニスはある仮説を立てていた。

(……以前、ネファケスがリーセリアの心臓に埋め込んだ、黒い結晶の欠片)

あの欠片は、〈死都〉で〈不死者の魔王〉を復活させようとした、ゼーマインが所持していたのと同じものであり、〈鉄血城〉の地下で見た〈女神〉のピラミッドも、同じ物質で形作られていた。

ロゼリアとなんらかの関係があることは、間違いあるまい。

リーセリアの心臓に埋め込まれた欠片はレオニスが破壊したが、なにか、その残滓のようなものが、彼女の肉体に影響を及ぼしている可能性はあるだろうか。

（まあ、記憶の修復に成功すれば、そのあたりも明らかになるだろうが……）

――と、その時。戦闘車両の通信端末が、けたたましい警報音を鳴らした。

「……な、なんですか？」

「……っ、これは……」

リーセリがハッと眼を見開く。

「まさか、〈第〇七戦術都市〉の救援要請⁉」

◆

帝国標準時間一四一〇――第〇七戦術都市〈聖剣学院〉。

「各区画を第一種戦闘形態に移行。市民をシェルターに避難させろ」

けたたましい警報の鳴り響く中、戦略会議室に教官たちの怒声が響く。

「この規模は、前回の攻撃の比ではないな」

中央の大型モニターをにらみつつ、教官のディーグラッセが呟(つぶや)いた。

あの〈裂け目〉が出現するきっかけとなった、〈聖剣剣舞祭〉の際は、特級の大型〈ヴォイド〉の存在が複数確認されたものの、〈大狂騒(スタンピード)〉は発生しなかった。

「〈大狂騒〉――これほど早く来るとは」

「気になるのは、〈ヴォイド〉の動きに組織的なものが見られることですね」

バイザーで顔を隠した青年が発言した。

学院生代表として出席している、執行部会長のオーベルト・バルダンデルスだ。

「まるで指揮官がいるかのような、整然とした動きです」

「高度な指揮能力を有した〈ヴォイド・ロード〉がいると?」

「その可能性があります。〈ヴォイド〉の中にも、高い知性を有すると思われる個体が、少数ながら確認されていますので」

「群れの動きを見るに、複数の指揮官がいるようですな」

「――〈ヴォイド・ロード〉の発見を急がせよう」

管理局の指揮官が頷(うなず)いた。

司令官たちの会議が続く中、オーベルトが背後に控える少女に振り向く。

「フェンリス、エルフィーネ嬢の所在はどうなっている？」

「まだ連絡がつきませんわ。それどころか、第十八小隊の誰とも――」

フェンリスは首を横に振る。

「そうか。〈ヴォイド・ロード〉の特定には、彼女の〈天眼の宝珠〉の力をあてにしたいところなのだが……」

第十八小隊は、いまや学院でもトップクラスの実力を持つ小隊だ。

しかし、現在、彼女たちの行方は掴めない。

都市内で〈ヴォイド〉と交戦中ということもあり得るが――

「エルフィーネ嬢の捕捉を急いでくれ。彼女の力が必要だ」

◆

帝国標準時間一四三〇――〈帝都〉帝国騎士団本部。

『フロートⅥに大規模な〈ヴォイド〉の侵攻を確認――』

『フロートⅡの部隊は全滅した模様！』

『第七小隊、だめですっ、前線が突破されます――』

帝弟アレクシオスの元に、次々と各部隊の戦況報告がもたらされる。

「フロートⅣに応援の部隊をまわす、なんとか持ちこたえてくれ。フロートⅡはただちに放棄、第二次防衛戦まで下がって迎え撃て。第七小隊、応答せよ、第七小隊——」

　本部の通路を足早に進みつつ、アレクシオスは各部隊に指示を飛ばす。

　——戦況は、悲惨の一言だ。

　帝国騎士団はよく戦っているが、なにしろ敵の数が多すぎる。

（……〈大狂騒（スタンピード）〉どころじゃない。これは、六四年前の——）

　人類がその生存圏を七％以下に減じた、あの大侵攻以来かもしれない。

（作戦指揮など、柄ではないというのに……）

　アレクシオスの本来の身分は研究技官だが、その情報解析の能力を買われ、緊急時には司令本部の指揮官になる。彼の〈聖剣〉は、〈ヴォイド〉との戦闘にはまるで役に立たないため、しかたのないことでもあるのだが——

（僕が判断を誤れば、前線で戦う〈聖剣士〉が死ぬことになる……）

　痛む胃を押さえつつ、作戦司令部へ向かう途中、

「〈エリュシオン〉の各部隊は私の指示に従え。全員、生き残りたければな」

　本部の屋外訓練場で、聞き覚えのある声がした。

　視線を向けると、そこに居たのは騎士の軍服に身を包んだ、美しい金髪の少女だ。

　シャトレス・レイ・オルティリーゼ。

オルティリーゼ王家の第三王女で、アレクシオスにとっては姪にあたる。

〈エリュシオン学院〉の転移事件に巻き込まれた彼女は、〈裂け目〉の向こう側の世界で捜索部隊に保護され、今朝方、この〈帝都〉に帰還したばかりだった。

ふと、振り返った彼女と眼が合う。

「……なんだ、叔父上ですか」

シャトレスは形のよい眉をひそめた。

アレクシオスは苦笑した。姪のこんな態度には慣れっこだ。

「無事でよかった。心配したよ」

「ご迷惑をおかけしました」

「いや、よく帰ってきてくれた。ところで――」

と、アレクシオスは、集まった〈エリュシオン学院〉の学院生たちを見回した。

シャトレスと共に、例の転移事件に巻き込まれた者たちだ。

「君たちにも、出撃命令が？」

「はい、先ほど」

「……そうか」

彼女たちは今朝方、帰還したばかりで、それも夜を徹しての行軍が続いていたという。

肉体的、精神的な疲労もかなり溜まっているはずだ。

〈聖剣〉の力は〈聖剣士〉の精神状態によってパフォーマンスが大きく変わるため、本来、このような状態の学生に、出撃命令が下ることはない。

（……今は、それだけ危機的な状況ということか）

シャトレスは最強と名高い〈聖剣〉の使い手であり、〈ヴォイド〉との実戦経験も豊富だ。なにより、アレクシオスと違って圧倒的なカリスマがある。

彼女が前線にいるだけで、共に戦う者は勇気を鼓舞されるに違いない。

「この事態に間に合ったのは、星と〈聖剣〉の導きなのでしょう」

「ああ、そうだね」

武運を、と声をかけると、シャトレスは短く頭を下げた。

強力な〈聖剣〉を宿し、戦うことのできる彼女が、羨ましくもある。

願わくば、亡き旧友エドワルド公爵のように、前線で民を守りたかった。

（……僕は自分にできることをするだけだ）

アレクシオスは、コートの内ポケットに手を差し入れた。

そこにあるのは〈魔王〉より賜った、不気味な像だ。

なにかあった時は、この像に触れて念じれば、〈魔王〉と交信できると説明されたのだが、いまだ声は返ってこない。

「……っ！」

彼はその像を強く握りしめた。

ゾール＝ヴァディスに謁見した時のことを思い出すと、今でも恐怖に襲われる。

（あの〈魔王〉の力を借りるのは、危険だが……）

この〈大狂騒（スタンピード）〉は、人類存亡の危機だ。

（……〈魔王〉よ、我等（われら）を救い給（たま）え）

アレクシオスは、不気味な像を握りしめたまま、人類の敵に必死に祈るのだった。

◆

「……～っ、どうして魔王様がご不在のときにばかり、トラブルが起きるんですか！」

〈魔王城〉の地下の執務室で、シャーリは頭を抱えた。

レオニスの所領である〈第〇七戦術都市（セヴンス・アサルト・ガーデン）〉を、虚無の怪物が蹂躙（じゅうりん）しているのだ。

人類の総戦力がどの程度のものか、シャーリにはわからないが、あの膨大な数の怪物が相手では、一日と持たずに陥落してしまうに違いない。

「とりあえず、〈魔王軍〉の戦力を以（もっ）て、重要拠点を守らせましょう」

重要拠点とは、〈魔王軍〉の所有している武器倉庫などの施設。レオニスの通う〈聖剣学院〉と〈フレースヴェルグ寮〉、そしてフレニア孤児院だ。

この中で、〈聖剣学院〉に関しては、精鋭の〈ログナス三勇士〉が駐屯しているため、戦力の補填(ほてん)は必要あるまい。

シャーリはサラサラと手紙を書くと、〈影の回廊〉に投げ込んだ。

あとは影に住まう獣が、〈魔王軍〉の各リーダーに手紙を運んでくれるはずだ。

同時に、〈七星〉の姉妹にも指令を与え、各部隊をサポートさせる。

「……とりあえずは、こんなところでしょうか」

シャーリは額の汗を拭った。

レオニスに〈魔王軍〉の全権を委任されているのだ。責任は重大である。

〈……魔王様の所領は、私が守ります〉

誰もいない執務室で、ぐっと拳を握る。

——と、その時。

〈……様……シャーリ様……〉

机に置かれた〈不死者の魔王〉の像が、小刻みに振動した。

〈狼魔衆(ろうましゅう)〉を束ねるダークエルフ、レーナの声だ。

「なんですか？」

〈あの獣人族の客将のことで、お話が……〉

ピクッとシャーリの顔が引き攣(つ)った。

なんだか、嫌な予感がした。

「……ガゾス様が、どうかなされたのですか？」

〈はい、それが……〉

レーナは躊躇うように口ごもった。

〈ひと暴れしてくると、武装した〈狼魔衆〉と一緒に、〈魔王城〉を出て行きました〉

「……」

シャーリは絶句した。

危惧した通り、獣人で構成された〈狼魔衆〉は、獣王ガゾス＝ヘルビーストの圧倒的なカリスマに惹かれ、ほとんどが彼の配下になってしまった。

その〈狼魔衆〉を引き連れ、〈ヴォイド〉を倒しに行ったというのだ。

「……それは、困りましたね」

……獣王が〈王国〉を襲う〈ヴォイド〉と戦ってくれるのは、好都合だ。

しかし、あの破壊の化身が、本気で戦をするとなると――

〈エリアの一つ二つは、全壊を覚悟したほうがよさそうですね……〉

シャーリは頭を抱えた。

〈シャーリ様、お止めしたほうが……〉

「止められるわけがありません。ガゾス様はもう放っておきましょう」

と、力なく首を振る。

「レーナ、ここはしばらくあなたに任せます」

シャーリは立ち上がった。

〈……シャーリ様、どちらへ？〉

「わたしも戦場へ向かいます」

答えると、シャーリは影の中にとぷんと姿を消した。

◆

「――この信号は、〈大狂騒（スタンピード）〉の発生した時にしか使われない、特別な信号なの」

リーセリアの説明によれば――

周囲海域に展開する、全ての〈戦術都市〉に対して救援を求める信号らしい。

「〈第〇七戦術都市（セヴンス・アサルト・ガーデン）〉と〈帝都〉に、〈大狂騒〉が……？」

「……その可能性が高いと思う」

唇を噛（か）んで、リーセリアは頷（うなず）く。

「けど、他の〈戦術都市〉の救援は、きっと間に合わないわ」

現在、〈帝都〉の付近にいるのは、〈第〇七戦術都市〉を曳航（えいこう）してきた、〈第〇六戦術都（ゼクス・アサルト・ガー）

市（デン）のみだ。しかも、〈第〇六戦術都市〉の主な役割は、対〈ヴォイド〉の研究機関としてであり、保有戦力はそれほど多くない。

リーセリアは気が気でないようだ。

……無理もない。彼女は〈大狂騒〉によって、故郷を滅ぼされている。

「……ライテちゃん、もっと速度を上げられる？」

「可能です。しかし、これ以上は車体が分解するリスクがあります」

「ギリギリまで、お願い」

「わかりました、マスター」

〈サンダーボルト〉がぐんと速度を増した。

「ふああっ、な、なんです!?」

レギーナの悲鳴が聞こえた。

土煙をたて、どんどん加速する戦闘車両。

（……しかし、このスピードでも、間にあわぬだろうな）

遙か遠くの〈裂け目〉を見据え、レオニスは胸中で唸った。

――〈大狂騒〉が発生したとなると、人類の力だけではとても対処できまい。

現在、〈第〇七戦術都市〉に残っている〈魔王軍〉の配下は、シャーリとログナス三勇士、〈影の女王〉の支配より解き放った〈七星〉の暗殺者、それに各拠点に配備した、下級と中級のアンデッドのみだ。

有象無象の〈ヴォイド〉はともかくとして――

（……〈ヴォイド・ロード〉の相手は、荷が重かろう）

シャーリの中に封印した、ラクシャーサ・ナイトメアの解放は、最後の手段だ。

最悪、〈ヴォイド・ロード〉以上に厄介なことになる。

「……」

少し考えて――

レオニスは顔を上げ、リーセリアの袖を引っ張った。

「セリアさん、僕はひと足先に、〈第〇七戦術都市〉に戻ります」

「……え？」

リーセリアが眼を見開く。

「〈ヴォイド・ロード〉を倒して、〈大狂騒〉を食い止めます」

「レオ君、でも……」

リーセリアは心配そうにレオニスを見つめ、

「……」

きゅっと唇を噛みしめる。

鳴り続ける救援要請のアラート。このままでは、〈帝都〉と〈第〇七戦術都市〉は、〈大狂騒〉に呑み込まれ、大勢の死者を出すことになるだろう。

——六年前の〈第〇三戦術都市〉のように。

「……わかった」

リーセリアはレオニスの肩に手をのせた。

「お願い。みんなを守って」

彼を、一人で行かせる不安と——

同時に、彼に対する信頼をこめて。

「——はい、任せてください」

と、頷くレオニスの背中に、リーセリアは腕をまわして、
ぎゅっと強く抱きしめた。

「血を吸いますか？」

「……～っ、だ、大丈夫。昨晩いっぱい吸ったもの」

冗談めかして言うと、リーセリアは顔を赤くした。

レオニスはドアを開け、車体の下の影を見た。

——と、回転する無限軌道の影から、ぬっと影の黒狼が姿を現した。

〈——乗れ、マグナス殿〉

影から分離したブラッカスが、併走して走り出す。

〈話が早いな、戦友よ――〉

苦笑しつつ、レオニスはブラッカスの背に飛び乗った。

「レオ君、気をつけて――」

声をかけてくるリーセリアに、レオニスは無言で頷き返した。

◆

帝国標準時間一四三五――〈第〇七戦術都市〉第六エリア――亜人特区。

広大な人工自然環境の森の中、獣人族の戦士たちが続々と集う。

総勢三十八人、全員が武装し、眼に凶暴な光を宿らせている。

「――古き戦士の民どもよ、存分に戦うがいい！」

〈獣王〉ガゾス＝ヘルビーストが咆哮を上げると――

オオオオオオオオオオオッ！

獣の戦士たちは、森中に轟くような鬨の声を上げた。

〈獣王〉の固有能力――〈覇王咆哮〉

魔力を帯びた〈獣王〉の咆哮は、太古の血を沸き立たせ、その本能を覚醒させる。

もとより屈強な肉体が倍以上に膨れ上がり、全員が恐るべき戦士に進化した。

一〇〇〇年前、〈魔王軍〉の尖兵として世界を恐怖に陥れた、〈超魔獣軍団〉だ。

「おう、ちょうどいい獲物が来たようだな」

ガゾスは頭上を見上げて、牙を剥く。

突如、森の中に出現した膨大な魔力を感知したのか――

空を埋め尽くす〈ヴォイド〉の群れが、一斉に滑空してくる。

「勇猛だな。あるいは、恐怖の感情を知らぬゆえか――」

鋼の体毛が逆立ち、白銀の輝きを放った。

広げた両手に、颶風が渦を巻く。

「ぬんっ……〈獣王撃震掌〉！」

ズオオオオオオオオオオンッ！

第Ⅵエリアのフロートが揺れた。

渦巻く風の砲弾が、数百体の〈ヴォイド〉をまとめて吹き飛ばす。

唖然として立ち尽くす、獣人族の戦士たち。

「歯ごたえがねえな」

舌打ちした、その時。
■■■■■■■■■ッッッ――！
空を、翼をひろげた巨大な影が横切った。

「……？　あれは、ドラゴンか？」

金色の眼を輝かせ、ニヤリと嗤う。

気配でわかる。あれは別格の存在だ。

「少しは楽しめそうじゃねえか――」

獣人族を振り返り、

「俺はあの獲物を追う。あとはてめーらで好きにやれ」

ドンッ――

地面を蹴って跳躍。

数百メルトの距離を一気に飛び越え、ビルの屋上に着地する。

「さて、と……」

ドラゴンの化け物の姿を視線で追って――

「……あぁ？」

屋上の柵の上に立つ人影を発見した。

聖服に身を包んだ、白髪の青年だ。

「これはこれは、〈獣王〉様。このような場所でお目に掛かれるとは――」

「……なんだ、貴様は？」

片方の眼で睨め付けると、青年は慇懃に頭を下げた。

「女神の〈使徒〉、ネファケス・ヴォイド・ロードと申します」

「知った名だな。たしか、〈アズラ＝イル〉の配下だったか？」

「ええ、一〇〇〇年前は、確かにあの御方に仕えておりました」

「ふん……」

ガゾスは眉をわずかに吊り上げて、

「猫も杓子も復活しやがって。なんだ、俺の配下にでもなりに来たか？」

「いえいえ、その逆でございます」

「……逆だと？」

「〈獣王〉様が、我々のものとなるのです」

告げて、ネファケスは指を打ち鳴らした。

瞬間。虚空より現れた樹木の根が、ガゾスの四肢に絡み付く。

「……なんの手品だ、これは？」

「〈六英雄〉の〈大賢者〉、アラキール・デグラジオス様――」

「……なんだと？」

「〈神聖樹〉と融合した、かの英雄の欠片を回収し、人類の生み出した最先端の魔導テクノロジーで甦らせました」

「……っ！」

ガゾスの四肢に絡み付いた樹木の根が、青白い魔力の光を放つ。

「少々、我々の兵器実験にお付き合い願いますか、〈獣王〉様――」

「ハッ、面白れえな」

ガゾスは牙を剥きだし、獰猛に嗤った。

「あまり、〈魔王〉を舐めるなよ」

◆

「……ティセラお姉ちゃん」

「大丈夫、レオお兄ちゃんが、来てくれるから……」

〈ヴォイド〉に囲まれた孤児院の中で、ティセラは子供たちを賢明に励ました。

フレニア院長が買物で留守にした間に、怪物が襲って来たのだ。

建物の中では、逃げ遅れた子供たちが毛布をかぶって怯えている。

八歳のティセラも、怖いのはみんなと変わりない。

けれど、泣くわけにはいかない。

(わたしが、一番年長なんだから……)

立ち上がって、窓の外をそっとのぞき見る。

門の前に置かれた石の像が、バラバラになっていた。

石像は、ティセラが孤児院に連れてこられたときからあったものだが、大人たちが〈ヴォイド〉と呼ぶ怪物が襲ってきたとき、突然動き出して、子供たちを守るために戦ってくれたのだ。

……だけど、その石の像も壊されてしまった。

「……っ!?」

ティセラは思わず、ひっと声を上げた。

窓の外、孤児院の正面の庭に、大きなヘビのような怪物が現れたのだ。

怪物の目玉がぎゅるんと回る。

……眼が合った。

「あ……」

怪物は大きな舌でぺろりと舌なめずりする。

ずるずると這うように近付いて、口を開く。

「……お、お前なんて、レオお兄ちゃんたちがやっつけてくれるんだから！」

ティセラが震えながら、気丈に声を上げた。

——と、その時。

「魔王様への信心、子供ながらあっぱれです」

ひゅんっ！

風を切る音が聞こえた。

「……え？」

蛇のような怪物の首が宙を舞った。

ひゅんひゅんっ、ひゅんっ！

首は空中で更に三分割、六分割され、地面に落ちる。

「……な、に……？」

ティセラは呆然と立ち尽くした。

◆

（——間に合ったようですね）

孤児院の屋根にたたずんで、シャーリは中庭を見下ろした。

バラバラに斬り飛ばした蛇の首は、穢れた瘴気を撒き散らしながら虚空に消える。

（ここは、魔王様の大事な場所のようですから……）

タッと中庭に降り立つと、砕け散った〈ガーゴイル〉の破片を回収する。

接着剤でくっつければ、また元の姿に戻せるだろう。

と──

「どういうことだあ？　なぜ、影人の暗殺者がここにいる──」

「……っ!?」

背後に生まれたおぞましい気配に、シャーリはハッと振り返る。

……ピシ……ピシピシッ、ピシッ……──

虚空にはしる、無数の〈裂け目〉。

その裂け目を引き裂いて──

現れたのは、巨大なカエルのような姿をした化け物だった。

「……っ!?」

全身がぬらりとした粘液に覆われ、爛れた腐肉が臭気を漂わせる。

濃密な死の匂いがあたりにたちこめた。

（……アンデッド？）

シャーリは鋭く眼を細めると、影の鞭を振り抜いた。

「……何者ですか？」

ぴしり、と地面を打擲し、シャーリは問いかける。

シャーリをひと目で影人と見抜いたということは──

──おそらく、一〇〇〇年前の魔族だろう。

「我を知らぬか、では教えてやろう……」

怪物は愉快そうに嗤うと、大きく開けた口から腐肉を滴らせた。

「我は魔怪公爵、イシャラグ・ボルザーザ様よ」

「……魔怪公爵⁉」

その名は、聞いたことがあった。

偉大なる〈魔王〉の一人――〈鬼神王〉ディゾルフ・ゾーア麾下の将軍。

本物だとすれば、シャーリより遙かに格上の、〈魔王軍〉大幹部だ。

しかし――

(……〈六英雄〉と同じ、虚無の眷属になっているようですね)

シャーリは鞭の柄を握りしめる。

〈ヴォイド〉が大侵攻をする際には、必ず、〈ヴォイド・ロード〉と呼ばれる統率個体が存在するらしい。

(だとすれば、この魔怪公爵とやらを倒せば、侵攻を食い止められる？)

たとえ侵攻そのものが止まらなかったとしても、統率個体を倒せば、戦況は人類側にかなり有利になるはずだ。

シャーリは背後の孤児院に視線をやり、窓のところにいる少女に呼びかける。

「……子供、おとなしく隠れていなさい」

「は、はいっ！」

返事をして、少女は部屋の中に引っ込んだ。

「魔怪公爵ボルザーザ様――」

と、シャーリはカエルの化け物に向きなおり、丁寧に頭を下げた。

「ここは我が主の所領、お引き取りいただきましょう」

「ほう、メイド風情が、いい度胸だ――」

ボルザーザはケタケタ嗤うと、長大な舌を伸ばした。

「……っ!?」

風鳴りの音をたて、舌が振り下ろされる。

ズオオオオオッ！

シャーリは地を蹴って、門の鉄柵の上に飛び乗った。

ヒュッと鞭の斬撃を繰り出し、ボルザーザの頭部を打ち据える。

――だが。

「んん？　効かんなぁ」

ボルザーザは平然と顔を上げ、シャーリをぎょろりと睨んだ。

「……っ！」

振り抜かれた舌が鉄柵を破壊。

シャーリは跳躍しつつ、空中で影の短刀を投擲する。

七本の刃が、ボルザーザの腹の肉を抉り、沈み込んだ。

腐肉が弾け飛び、死臭があたりにたちこめる。

「それがどうしたあ？」

腐肉がずぶずぶと盛り上がり、あっという間に再生してしまった。

「……やはり、アンデッドですか」

鞭を構えつつ、呟くシャーリ。

〈鬼神王〉麾下の魔怪公爵は、不死者ではないはずだ。

何者かが、魔怪公爵をアンデッドとして甦らせたのか――

「いかにも、その通り……」

ずるりと巨体を這わせながら、ゆっくりと近付くボルザーザ。

「我は死より甦り、不死者の眷属となったのだ。偉大なる〈不死者の魔王〉、レオニス・デス・マグナス様のお力によってなぁ」

「……なん……ですって？」

聞き咎め、シャーリはまなじりを吊り上げた。

「聞き間違いでしょうか。いま、〈不死者の魔王〉と聞こえましたが……」

「ほほう、やはり、一〇〇〇年前の〈魔王〉の御名を知っているか、影人よ」

ボルザーザはニタリと嗤った。

「我はあの偉大なる〈不死者の魔王〉に、不死の力を授かったのだよ」

「……っ、う、嘘です……」

シャーリの黄昏色の眼が、ボルザーザをキッと睨んだ。

「魔王様の――〈不死者の魔王〉のはずがありません」

「なにぃ？」

ボルザーザが、金色の眼をぎょろりと見開く。

「魔王様の名を騙る者、捨て置くわけにはいきませんねっ！」

地を蹴って、シャーリは駆け出した。

「はあああああっ！」

渾身の力を込め、影の鞭による斬撃を何度も叩き込む。

偉大なる主の名を騙る者は、誰であろうと許せない。

「効かぬ、効かぬわあっ！」

「……っ！」

全身を斬り刻まれながら、ボルザーザは哄笑する。

主の名を騙っているにしろ、その何者かが死の力を操り、この魔怪公爵をアンデッドにしたのは事実のようだ。

（……これは、厄介ですね）

シャーリのクラスは、影に忍び、一撃で目標を葬ることを得意とする暗殺者。

急所を破壊されても甦る、アンデッド系統の魔物は、とくに相性の悪い相手だ。

（ブラッカス様なら、圧倒的な力でひねり潰すこともできましょうが――）

シャーリは影の鞭を捨て、ボルザーザの巨体の懐に入り込む。

「――でしたら、完全に死ぬまで、何度でも斬り刻んで差し上げます」

メイド服の袖から取り出したのは、二本の影の刀。

「〈七星〉暗殺技――〈絶影幻刀〉！」

乱舞する影の刃が、ボルザーザの巨躯を斬り刻む。

「くははは、無駄だといっておろうがあっ！」

ボルザーザが、ずるりと伸びた長大な舌を横薙ぎに振るった。

ズオオオオオオオオオッ！

木々が吹き飛ばされ、地面に亀裂が走る。

――が、シャーリの姿はそこにはない。

ボルザーザ自身の影を渡り、瞬時に背後をとった。

「はああああああっ！」

影の刀を両手に構え、無防備な背中に突き立てる。

刹那、ボルザーザの背面に、ぎょろりと目玉が生まれた。

「……なっ!?」

目玉だけでない。ずるりと新たな腕が生え、シャーリの小柄な身体を鷲掴みにする。

「……くっ……あっ……！」

「なかなか楽しませてくれるのぉ、影人よ」

そのまま、力まかせに地面に叩き付けられる。

「か……はっ……！」

立ち上がり、影に飛び込もうとするが――

ゴオオオオオオオオオオオッ！

ボルザーザが激しい炎を吐き出した。

あたりの影が一瞬で消滅し、逃げ場を塞がれる。

ボルザーザの舌が、鞭のように振り下ろされた。

「がっ……！」

シャーリの身体が地面を跳ねた。

「どうした、どうしたぁ？」

嵐の如く振り下ろされる、鞭のような舌の連撃。

（……っ、強い……）

虚無の怪物となりはてても、〈鬼神王〉麾下の大将軍。〈魔王軍〉にあっては、シャーリより格上の大幹部だ。更に、アンデッド化したことで、力をより増している。

ずるりと伸びた舌が、シャーリの身体に巻きついた。

「ひと呑みにはせぬ。ゆっくり味わいながら溶かしてやろう」

「魔王……様……――」

呟いた、その時。

ズオオオオオオオオオオオオオオオオオンッ！

空から降ってきた何かが、魔怪公爵の頭をぶち抜いた。

地面に投げ出され、転がるシャーリ。

「……は？」

唖然として、見上げると――

風にたなびく真紅の髪が眼に入った。

その少女は、腰に手をあて、黄金の瞳でシャーリを傲然と見下ろして、

「ねえ、そこのメイド――」

「は、はあ……」

「レオはどこ？」

ヴェイラ・ドラゴン・ロードはそんな軽い口調で、シャーリに訊ねた。

第七章　魔王集結

Demon's Sword Master of Excalibur School

――帝国標準時間一五〇〇。

水平線を埋め尽くす、海魔のような〈ヴォイド〉の群れ。

〈暗礁〉と呼ばれる巨大な〈巣〉が、ゆっくりと〈帝都〉へ押し寄せてくる。

「到達予想時間は一五二〇。あれが到達すれば、〈フロートⅣ〉と〈フロートⅢ〉は甚大な被害を受けるでしょう」

戦闘艦〈ハイペリオン〉の甲板上で、近衛騎士が報告する。

「市民の避難は済んでいるのですか？」

水平線を見つめたまま、帝国第四王女は彼に尋ねた。

「市民はシェルターに避難誘導中です。ですが……」

「あの〈ヴォイド〉が到達してしまえば、シェルターは無意味ですね」

精霊〈カーバンクル〉をぎゅっと抱きしめ、沈痛な表情で呟く。

「アルティリア様……」

「なんとしても、ここで食い止めなければなりません」

「……は」

王女に仕える近衛騎士たちもまた、悲壮な決意を顔に浮かべている。

まだ十二歳の王女を前線に立たせることに、無論、彼等も忸怩たる思いがある。

しかし、王家の血を引く彼女がいなければ、この艦は十分な能力が発揮できないのだ。

対虚獣戦艦〈ハイペリオン〉と、十四隻の戦闘艦。

──これだけが、〈帝都〉の海域を守る戦力だ。

姉妹艦の〈エンディミオン〉は、現在、遠く離れた〈第〇二戦術都市〉に配備されており、駆け付けるまでには、少なくとも二十七時間はかかるだろう。

「これは、〈帝都〉の存亡を賭けた戦いです」

アルティリアが甲板上で声を張った。

「──我等に星と〈聖剣〉の祝福を！」

接近する〈ヴォイド〉の群れめがけ、艦隊が一斉に砲撃を開始した。

あくまで、〈帝都〉の騎士団が、防衛体制を整えるための時間稼ぎだ。

〈ヴォイド〉に通常兵器はほぼ通用しない。

しかし──

ズシャアアアアアアアアアアアッ！

「……っ!?」

海中から現れた巨大な触手が、護衛艦の一隻を真っ二つに叩き割った。

「お下がりください、王女殿下！」

〈聖剣〉を手にした近衛騎士が、アルティリアを護衛する。

海面が盛り上がり、無数の触手を生やした、巨大な海魔が出現した。

……我ハ……海魔王……ネレゲイドス……——

ひび割れた不気味な声が、大海原に響き渡る。

「……〈ヴォイド・ロード〉!?」

アルティリアは息を呑んだ。

海底から現れた、山脈の如きその姿は、あまりに絶望的だった。

「あ……ああ……」

……——虚無ノ大海ニ……抱カレルガイイ……——

空へ伸びる巨大な触手が、海域に展開した艦隊めがけ、一斉に振り下ろされる。

「……っ！」

アルティリアは、ぎゅっと手を組み、祈るように眼をつむる。

脳裏に思い浮かんだのは——

あの日、朦朧とした意識の中で見た、一人の少年の姿——

ズシャアアアアアアッ！

海面の弾ける音がした。

「……え？」

アルティリアは眼をパチリと開け、頭上を見上げた。

海魔の振り上げた触手が、すべて斬り飛ばされていた。

「な、なに……？」

近衛騎士たちのほうを振り向くも、彼らも事態を把握していないようだ。

斬り飛ばされた巨大な触手が海面に落下し、無数の水柱が立ち上る。

「――海魔王とは大きく出たものよ、図体だけの雑魚が」

〈ハイペリオン〉の甲板の先に、人影が降り立った。

透明な羽衣に身を包んだ、美しい紫水晶の髪の少女だ。

（まさか、いまのは、この人が……？）

アルティリアは息を呑み、その少女の背中に声をかけた。

「あ、あなたは、一体……？」

「我はこの海の真の支配者――」

少女は、水平線を埋め尽くす〈ヴォイド〉を見据えながら、無表情に告げる。

「え……」

「レオニスには、借りがあるからな」

少女がすっと手を伸ばすと、透明な羽衣が淡く輝く。

ゴゴゴゴゴゴゴゴゴ……！

凄（すさ）まじい大渦が生まれ、海魔の群れを次々と呑み込んだ。

◆

「――レオがいない？」

「はい、竜王様。魔王様はご不在であられます」

瓦礫（がれき）の上から見下ろすヴェイラに、

（ああ、またややこしい人が増えてしまいました……）

と、内心で頭を抱えつつ、シャーリはかしこまった。

「生意気ね――」

〈竜王〉の威にあてられ、ヒッと怯（おび）えるシャーリ。

「あんたのことじゃないわ。せっかく、あたしが来てやったのに、いないなんて……」

不満そうに唇をとがらせ、彼女は燃えるような真紅の髪をかき上げた。

「まあいいわ。で、あいつはいつ戻ってくるの？」

「そ、それはわたくしにも……」

恐る恐る首を振るシャーリ。

――と。

「……ぐ、お、おのれえええええ！」

ヴェイラの立つ瓦礫の下で、怨嗟の声が上がった。

瓦礫の山が一気に持ち上がり、〈ヴォイド・ロード〉が復活する。

「竜王様!?」

「ゆ、許さんぞ！　この魔怪公爵、ボルザーザ様の真の姿を見せ――」

「五月蠅い――」

ドゴオオオオオオオオオンッ！

宙に飛び上がったヴェイラが、〈ヴォイド・ロード〉の頭を踏みつけた。

ぐしゃり、と肉の潰れる音がして――

真の姿を見せることなく、魔怪公爵は完全に潰されたのだった。

「ふん、意外としぶとい奴ね。不死者なの？」

ヴェイラは不愉快そうに眉をひそめた。

パチリ、と指を鳴らすと、巨大な肉塊が紅蓮の炎に包まれる。

「……これでよし、と。レオがいないなら、ここに用はないわね」

「あ、あの、ヴェイラ様！」

と、シャーリはあわてて彼女に声をかける。

「なに？」

ぎろりと睨まれ、シャーリの身がすくむ。

「そ、その、魔王様がお戻りになられるまで、竜王様のお力で、この都市を守っていただくことはできないでしょうか？」

ヴェイラは腰に手をあて、シャーリを見下ろした。

「あたしは人間どもの王国なんて、どうでもいいわ」

その答えは、シャーリも当然予想していた。

「竜王様の仰ること、まことにごもっとも。ただでとは申しません」

頷くと、シャーリはメイド服の袖をごそごそと探った。

「これを献上いたします」

「……？」

差し出されたものを見て、ヴェイラは眉をひそめる。

「限定のモチモチドーナツでございます」

「……お菓子？」

「どうぞ、お試しください」

「ふうん……」

ヴェイラはドーナツを受け取ると、ぱくっと口にした。

もぐもぐと咀嚼する。〈竜王〉のイメージにそぐわない、可愛らしい食べ方だ。

「……なかなか美味しいわ♪」

指先をぺろっと舐めつつ、ヴェイラは肩をすくめた。

「けど、この〈竜王〉の助力を得る対価としては、ちょっと不十分ね」

シャーリは、たしかにと頷いて、

「人類の力は、我が主や竜王様には、及ぶべくもありません。しかし、このドーナツのような、竜王様のお眼鏡にかなうものは多くございます。それらすべてが、不浄なるものどもによって灰燼に帰すのは、竜王様にとっても不利益になるかと」

ヴェイラは少し考え込んで――

「……ふん、一理あるわね」

頷く。それから、ふっと笑みを浮かべて、

「まあ、レオに貸しを作っておくのも、悪くないわ」

「そ、それは……」

シャーリは逡巡した。

……たしかに、これは〈竜王〉に借りを作ってしまうことになる。

(……魔王様が不在のときに、わたくしが勝手に決めてよいのでしょうか?)

いえ、とシャーリは首を横に振る。

なんとしても、主の〈王国〉を守ることが、シャーリの使命なのだ。

（ここは、竜王様のお力をお借りするしかありません……）

シャーリはスカートの裾を摘んで、ぺこりと頭を下げた。

「どうか、お力をお貸し下さい、竜王様」

「いいわ、このヴェイラ・ドラゴン・ロードが、特別に力を貸してあげる」

ヴェイラは真紅の髪をひるがえし、

「べ、べつに、レオのためじゃないんだからね。勘違いしないでよね」

びしっとシャーリに指を突き付ける。

「もちろん、心得ております」

「ふん、それじゃ、ひと暴れして……――え？」

空を見上げたヴェイラが、怪訝そうな声を上げた。

シャーリもつられて、視線の先を追う。

遠く、市街地の中心部に――

巨大な影が飛来した。

「あれは……？」

翼を広げた、ドラゴンだ。

ただのドラゴンではない。全身の肉が腐り落ち、なかば骨が見えている。

「ドラゴンゾンビ……?」

文字通り、ドラゴンがアンデッド化した姿だ。

「……嘘、なんで……なんで、あいつが――」

◆

「セリアお嬢様、〈裂け目〉を抜けますよ！」

「ええ、しっかり掴まってて……」

爆走する戦闘車両が、荒野にまたがる巨大な〈裂け目〉を抜けた。

リーセリアは、ほんの一瞬、視界の歪むような感覚に襲われる。

シュベルトライテの座る椅子の背を掴み、フロントガラスの向こうを見ると、

「見て、海だわ――」

遙か遠くの水平線に、〈帝都〉と〈第〇七戦術都市〉の姿が見えた。

（……帰ってきたのね、もとの世界に）

リーセリアは双眼鏡を覗き込む。

〈帝都〉の上空にはしる、巨大な虚空の〈裂け目〉。その〈裂け目〉から、なにか黒い影のようなものが、雲霞のごとく溢れ出している。

「……っ、やっぱり、〈大狂騒（スタンピード）〉が──」

空を埋め尽くす、無数の〈ヴォイド〉の群れ。

六年前のあの日の光景が、脳裏にフラッシュバックする。

最後に見た、父──エドワルド・レイ・クリスタリアの背中。

レギーナと肩を抱き合い、真っ暗なシェルターの中で震え続けた日々。

と──

『……隊……第十八小……隊……応答──』

イヤリング型の通信端末から、かすかな声が聞こえた。

〈通信が繋（つな）がった!?　そうか、〈裂け目〉を抜けたから──〉

自動的に〈第〇七戦術都市（セヴンス・アサルト・ガーデン）〉の通信圏内に入ったのだ。

「こちら〈聖剣学院〉所属、第十八小隊、リーセリア・クリスタリア──」

リーセリアはイヤリングに触れ、必死に呼びかける。

──だが、

『……答……せよ……第十八……隊──』

「……っ、通信が妨害されてる……」

〈ヴォイド〉の大群が、ＥＭＰバラージを発生させているのだろう。

「咲耶（さくや）、テレパシーとか使えたりしない？」

万が一の可能性に賭けて、屋根の上にいる咲耶に声をかけてみる。

「使えないよ」

「……そうよね」

〈桜蘭〉の民は不思議な力を使うという噂があるので、ちょっと期待したのだけど。

「マスター、通信状況を改善します」

「……え？」

首を傾げ、シュベルトライテのほうを振り向くと、
彼女の透き通ったガラスのような髪が、淡く輝いていた。

「わ、綺麗……」

リーセリアが思わず、見惚れていると、

『……リア……リーセリア……もうっ、応答しなさいですわ！』

声が急にクリアになった。

「……フェンリス!?」

『リーセリア・クリスタリア、なにをしていますの！』

耳元で、フェンリス・エーデルリッツのかん高い声が響く。

「ご、ごめんなさい！」

『いま、どこにいますの？』

「〈第〇七戦術都市〉周辺の荒野よ。ええっと、座標を送るわね」

通信端末を操作し、戦闘車両の現在の位置を送信する。

『都市外任務でしたのね、現在の状況は把握していまして?』

「〈大狂騒〉ね――」

『ええ、そうですわ。複数体の〈ヴォイド・ロード〉による、海と空からの同時攻撃。しかも、まるで人間の部隊のように統率が取れていますわ』

「〈ヴォイド・ロード〉が複数体……」

リーセリアは息を呑む。

『こちらでも、今は前線の情報が錯綜していますの。エルフィーネさんの〈聖剣〉の力をお借りしたいですわ』

「フィーネ先輩……?」

と、訊き返すリーセリア。

『ええ、第十八小隊に同行しているんでしょう?』

「いえ、フィーネ先輩は……」

〈聖剣学院〉、もしくは〈帝都〉の対虚獣情報局に詰めているはずだ。

「こっちにはいないわ。もしかして、連絡がとれないの?」

『なんですって?』

フェンリスの怪訝そうな声が返ってくる。

『エルフィーネさんと、ずっと連絡がとれませんの。てっきり、あなたたちと行動を共にしているのかと……』

「……」

――嫌な予感がした。

リーセリアの尊敬する彼女は、もちろん、戦場から逃げ出すような人ではない。

……なにかがあったのだ。

一人でいるところを〈ヴォイド〉に襲われたのか、それとも――

「〈第〇七戦術都市〉に帰還しだい、フィーネ先輩を探すわ」

リーセリアは言った。

『ええ、最優先でお願いしますわ。第Ⅶエリアのゲート2を開放しておきます』

「わかった。ありがとう」

頷くと、リーセリアは通信を切り、端末に眼を落とした。

「フィーネ先輩……」

通信履歴には、ここ数日間、エルフィーネからの着信がたくさんあった。

先ほど通信が回復した時、一気に送られてきたようだ。

ひとつひとつのメッセージを確認する。

すべて、リーセリアたちのことを心配するメッセージだ。
（……心配をかけてしまったわね）
ふと、端末の上を滑らせる指先を止めた。
最後の送信があったのは、帝国標準時間で十九時間前。
「昨日ということは、〈大狂騒〉が発生するよりも前……」
つまり、〈ヴォイド〉とは無関係に、姿を消した――？
――その時。また通信端末に着信があった。
発信者はエルフィーネだ。
「……フィーネ先輩？」
『――ああ、繋がったわ。奇跡ってあるのね』
リーセリアが端末をオンにすると、
端末の向こうで、緊迫した声が聞こえた。
エルフィーネの声ではない。
「あの、あなたは――」
『時間がないから、余計な問答はできないわ』
端末越しの声は遮った。
『〈第〇七戦術都市〉の産業開発区、〇四番プラントに来て。今すぐに』

「え、ちょっと——」

訊き返そうとするが、通信はぷつりと途絶えてしまった。

「産業開発区、〇四番プラント……」

——〈フィレット〉の研究所のある場所だ。

◆

翼を広げた巨大な影が、〈セントラル・ガーデン〉の高層ビル街に飛来した。

輝く黄金の鱗のドラゴンは、穢れた瘴気を漂わせ、地上を睥睨する。

ずるりとこそげた腐肉が、地上に流れ落ちて煙を噴き上げる。

剥き出しになった肋骨の下で、赤く輝く心臓が脈動していた。
■■■■■■■ッッッ——！
大気を震わせる、呪詛のような咆哮。

もはや、知性は完全に失われているようだ。

「墜ちたものね——〈龍神〉ギスアーク・セイントドラゴン」

対虚獣高射砲の砲塔の上に降り立って、真紅の髪の〈竜王〉は呟いた。

変わりはてた〈龍神〉の姿を眺め、不愉快そうに眉をひそめる。

彼女もまた、虚無に蝕まれ、理性を失った狂竜になったことがある。

その時の記憶は朧気にしかないけれど――

レオニスが、彼女の虚無を祓ってくれたことは、なんとなく覚えている。

「ドラゴンは借りは返すわ。あんたの〈王国〉、守ってあげる――」

ヴェイラは不敵に微笑した。

それに、〈龍神〉ギスアークは彼女にとって、因縁のある仇敵だ。

黄金竜と人間の女との間に生まれた、竜と人の子の血を引く英雄。竜でありながらドラゴンと敵対し、〈魔竜山脈〉にてヴェイラと死闘を繰り広げた。

「あんたにも、借りを返さないとねっ――!」

高射砲の砲塔を蹴りつけて、ヴェイラは空中に浮かび上がった。

上空を飛ぶ、巨大なドラゴンめがけ、ひと差し指を突きつける。

「挨拶がわりよ――〈竜光烈砲〉!」

ズオオオオオオオオオンッ!

指先より放たれた真紅の閃光が、黄金のドラゴンに直撃した。

業炎が舞い上がり、陽炎が揺らめく。

しかし――
■■■■■■■ツッツ――!

巨大な翼をばさりと広げ、〈龍神〉は紅蓮の炎を吹き散らした。

（……魔術で防がれた？　いえ、違うわね――）

ヴェイラは、なにごともなかったように旋回するギスアークを鋭く睨む。

焼けただれた腐肉がぼこぼこと泡立ち、高速で再生をはじめている。

（……虚無の瘴気だけじゃない。やはり、アンデッド化してるのね）

ギリ、と奥歯を噛みしめる。

……あれは、ドラゴンではない。

死の瘴気で操り人形にされた屍竜、いわゆるドラゴンゾンビだ。

（……六英雄の〈龍神〉が、アンデッドに堕ちたというの？）

それは、にわかには信じがたい事実だった。

通常、死霊術師が魔物の骸をアンデッドにしようとすれば、その魔物が生前に有していた力と同等以上の力が必要になる。

それが六英雄の骸ともなれば、最高位の死の領域の魔術の使い手であったとしても、不死者の眷属にすることはまず不可能だ。

そんなことが可能なのは――

それこそ、数多の魔神やドラゴンを不死者として従えた〈不死者の魔王〉、レオニス・デス・マグナスくらいのものだろう。

（レオが眷属にした——ってことは、ないわよね）

もしそうであれば、彼の〈王国〉である、この都市を攻撃するはずがない。

〈不死者の魔王〉と同格で、死者を甦らせる力を持つのは、六英雄の〈聖女〉ティアレス・リザレクティアだが、あの力は死者をアンデッドにするものではないはずだ。

「まあ、いいわ。アンデッドだろうとなんだろうと——」

ヴェイラは大気を蹴って加速、〈龍神〉めがけ、一気に接近する。

「あたしの炎で焼き尽くしてあげる！」

両手を頭上にかかげ、巨大な火の玉を生み出した。

「——紅蓮竜神波っ！」

組み合わせた掌から、ドラゴンを模した炎が放たれる。

炎竜は螺旋を描き、飛翔する〈龍神〉を追撃。

炎がかすめた高層ビルが一瞬で溶け落ち、崩壊する。

炎竜が〈龍神〉の喉笛に喰らいつき、表面の腐肉を焼き焦がす。

「いいわ、そのまま喰らいついてなさいっ！」

飛翔したヴェイラは急降下、〈龍神〉の頭部に渾身の力を込めた踵落としを叩き込んだ。

ズオオオオオオオオンッ！

〈龍神〉の巨体が、ビルを破壊しながら〈セントラル・ガーデン〉に墜落する。

メイドには、建物をあまり壊さないでください、と念を押されたが、

（悪いけど、それは無理な相談ね——）

まあ、どうせレオの〈王国〉だし、と胸中で呟きつつ追撃する。

「はあああああっ——竜王破撃掌っ！」

墜落した〈龍神〉の頭部に、魔力を込めた拳を叩き込んだ。

ドゴオオオオオオオオオッ！

魔力が爆ぜ、周囲の建物が放射状に吹き飛ぶ。

舞い上がる砂埃。

ヴェイラが更にゼロ距離の竜光烈砲を放とうとした、刹那。

■■■■■■■■■ッッッ——！

焼け爛れた〈龍神〉の肉体が急激に再生し、膨れ上がった腐肉でヴェイラを呑み込む。

「……っ、このあたしを、取り込むつもり!?」

ヴェイラの身体が、たちまち、ギスアークの巨体に呑み込まれ——

ズシャアアアアアアッ！

腐肉の塊が破裂した。

まるで、卵が孵化するように、腐肉を引き裂いて、巨大な赤竜が姿を現す。

〈竜王〉——ヴェイラ・ドラゴン・ロードの竜化形態。

シギャアアアアアアアッ！
赤竜の牙が腐肉を食い千切り、ぺっと地面に吐き出した。
ぶわっと翼をはばたかせ、宙に浮き上がる。
再生をはじめる〈龍神〉に、炎の吐息を放った。
灼熱の業火が、〈セントラル・ガーデン〉の通りを舐め尽くす。
灼熱化した腐肉の塊に、魔力を込めた爪を振り下ろし――
（……っ!?）
その一撃は、〈龍神〉ギスアークの背中から生えた、樹木の根に阻まれた。
（……な、なに!?）
ギスアークの魔術か――？
否、ドラゴンの操る〈竜語魔術〉の系統に、こんなものは存在しない。
爆発的に成長する樹木の根が、ヴェイラの脚を縛り、竜鱗に鎧われた肉を貫く。
ヴェイラは怒りの咆哮を上げ、炎の吐息を放った。
焼き尽くされる樹木の根。しかし――
根は脅威的な速度で再生し、今度はヴェイラの全身を絡め取る。
（……この再生力、まさか、〈神聖樹〉!?）
かつて、世界の中心に存在した、生命を司る樹だ。

なぜ、そんなものが〈龍神〉の胎から生えているのか――
オオオオオオオオオオッ！
口腔から灼熱の熱閃を放ち、神聖樹の根を焼きはらう。
なおも再生する樹の根を振り払い、飛び立とうとするが――
ギスアークが首をもたげ、ヴェイラの首に食らいつく。
（……っ!?）
食い込んだ〈龍神〉の顎門から死の瘴気が溢れ出した。
燃えるような赤竜の鱗が黒く塗り潰され、肉が壊死してゆく。
赤竜の巨体が、そのまま地上に引きずり落とされた。
■■■■■■■■■ッッッ――！
ギスアークの爪が、ヴェイラの翼を引き千切る。
ほとばしる血飛沫。
絶叫のような咆哮が、大気を震わせた。
おぞましい瘴気を放つ顎門が、ヴェイラの喉笛を喰い破り――
「――極大消滅火球！」
ズオオオオオオオオオオンッ！
紅蓮の炎が炸裂し、ギスアークの上顎を吹き飛ばした。

（……っ!?）

崩れかけたビルの残骸に、小さな影がすっと降り立つ。

「下郎が、この〈魔王〉ゾール＝ヴァディスの領地でなにをしている？」

旧き〈魔王〉の外套(がいとう)を身に着けた少年が、仮面を外し、不敵に嗤(わら)った。

◆

帝国標準時間――一五一〇(ヒトゴウヒトマル)。〈第〇七戦術都市(セヴンス・アサルト・ガーデン)〉産業開発区。

フェンリスの開放してくれたゲートを抜け、第十八小隊の乗る戦闘車両(バトル・ヴィークル)は、地下の兵員輸送ルートを使い、指定の場所に到着した。〈第〇七戦術都市〉の外縁にあるこのエリアは、まだ本格的な主戦場にはなっていないようだ。

「……うーん。やっぱり、なにかの罠(わな)ってことはありませんか、お嬢様？」

と、屋根から降りたレギーナが、疑問を口にする。

……その可能性はもちろん、リーセリアも考えた。

けれど――

「今はこれだけが、フィーネ先輩に関する手がかりよ。行くしかないわ」

それに、あれは聞き覚えのある声だった。

……あの人のことは、正直、よくわからない。

フィーネ先輩も、あの人にはあまり心を許していないようだった。

けれど、通話越しのあの声には、切実な感情がこめられているような気がした。

戦闘車両(バトル・ヴィークル)を降りた三人は、〈聖剣〉を顕現させ、慎重にあたりを見回した。

エリア全体にシェルターへの避難命令が出ているため、あたりは無人だ。

魔導技術の粋を凝らした巨大な採掘プラントも、今は停止している。

「誰も、いないみたいですけど……」

「〈ヴォイド〉の気配も感じないよ」

咲耶(さくや)が呟(つぶや)いた、その時。

「――よく来てくれたわね」

三人の背後で、気配が生まれた。

「……っ!?」

振り向くと――

眼前の景色がぐにゃりと歪(ゆが)み、建物の陰から、白衣の女性が姿を現した。

「クロヴィアさん……」

〈雷切丸(らいきりまる)〉を構える咲耶を制しつつ、リーセリアは声を上げた。

クロヴィア・フィレット――対虚獣研究所の上級技官。

エルフィーネの実の姉だ。

「どこから現れた？　このボクが、まるで気配を感じないなんて……」

刀の柄に手をかけたまま、咲耶が剣呑に問う。

「私の〈聖剣〉――〈愛しき指輪〉の力よ。たとえ〈ヴォイド〉の群れのただ中に放り込まれても、私の存在を消すことができる。臆病な私にふさわしい〈聖剣〉ね」

と、彼女は自嘲するように微笑んで、リーセリアのほうを向く。

「久し振りね、クリスタリアのお嬢さん。〈聖灯祭〉以来かしら」

「……はい」

クロヴィアと会ったのは、二ヶ月ほど前。〈第〇六戦術都市〉の博物館で、彼女は氷塊に閉じ込められた竜の元に、リーセリアたちを案内してくれたのだった。

その直後に、大変な事態になってしまったのだけれど――

「あの、どうしてクロヴィアさんが、フィーネ先輩の端末を――」

「ああ、フィーネちゃんのコピー端末よ。〈聖灯祭〉のときに拝借して、ね」

クロヴィアは悪びれた様子もなく、肩をすくめた。

「あの娘、面倒見はいいんだけど、意外と友達は少ないから、頼りになりそうなのは、あなたたちだけだったの」

「どういうことです？　フィーネ先輩に、なにかあったんですか？」

と、真剣な表情で問うレギーナ。

「フィーネちゃんが、攫われたわ」

「……え？」

「攫ったのは、フィレットの私兵よ」

言って、クロヴィアは唇を強く噛んだ。

「油断したわ。まさか、連中が白昼堂々、行動を起こすなんて――」

「ちょ、ちょっと待ってください！　どうして、フィーネ先輩が……？」

クロヴィアに迫るリーセリア。

「あの娘は、フィレットの暗部に深く関わりすぎたの。私には帝弟の後ろ盾があったけど、フィーネちゃんはたった一人で、あの男と戦おうとしてた……」

「……あの男？」

「ディンフロード・フィレット伯爵よ」

彼女は忌々しげに、その名を口にした。

「……」

リーセリアたちは顔を見合わせる。

フィレット財団が、あの〈魔剣計画〉に関わっていることは、〈聖剣剣舞祭〉前の合宿で〈帝都〉に赴いた際、エルフィーネ自身の口から聞いている。

「ある程度の事情は、フィーネちゃんから聞いていたみたいね」

「はい……」

「正直、あの男が、どうしてこのタイミングで動いたのか、それはわからない。けど、この〈大狂騒〉の裏で、なにかおぞましいことを計画しているのは間違いないわ」

言うと、クロヴィアは居ずまいをただし、リーセリアたちに頭を下げた。

「お願い、あの娘を助けて」

「クロヴィアさん――」

「軍の一部はディンフロードと繋がっている可能性がある。信用できない。この状況で頼めるのは、フィーネちゃんの後輩のあなたたちしか――」

「わ、わかりました！」

リーセリアは頷いて、クロヴィアの手をしっかりと握り返した。

「フィーネ先輩は、私たちに任せてください」

レギーナと咲耶も、こくっと頷く。

「……ありがとう」

と、クロヴィアはもう一度深く頭を下げる。

「それで、先輩はどこに囚われているんだ？」

と、咲耶が訊ねる。

クロヴィアは、産業区画の中心にそびえるタワーを指差した。

「フィレットの第〇七研究棟。都市中の監視カメラの映像を解析して、フィーネちゃんを乗せた車があそこに入って行くのは確認したわ」

「どこに囚われているかは、わからないんですね」

「ええ、〈アストラル・ガーデン〉の防壁が強力で、施設内部のカメラまでは、ハッキングできなかった」

彼女は首を横に振る。

「それじゃあ、こっそり侵入して、っていうのは現実的じゃないですね」

「ええ、私は〈聖剣〉の力で気配を消せるけど、あの娘を連れ出すことは出来ない。施設内部には、フィレットの私兵がいるでしょうから」

「――〈魔剣〉使いもいるかもね」

と、呟く咲耶。

リーセリアは頷いて、

「それじゃあ、クロヴィアさんには〈聖剣〉の力で身を隠しながら、フィーネ先輩の居場所を探してもらう。わたしたちは、クロヴィアさんが先輩を見つけ出すまで囮になって、先輩の居場所がわかったら、合流して助け出す、それでいいかしら？」

「ええ、わかったわ」

クロヴィアは頷いた。

「ボクも異存はないよ」

「決まりですね。それじゃあ、一刻も早く、先輩を助けにいきましょう」

レギーナが〈竜撃爪銃〉の銃口を、フィレットのタワーに向けた。

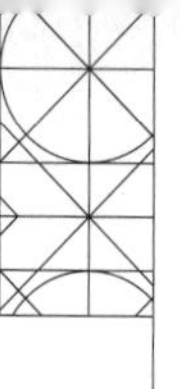

第八章　堕ちた龍神

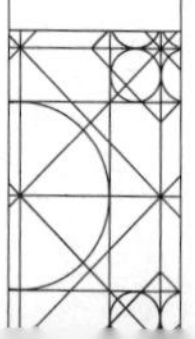

（……ヴェイラ、なぜ貴様がここにいる？）

崩れたビルの残骸から下を見下ろし、レオニスは怪訝そうに眉をひそめた。

〈天空城〉を奪った〈異界の魔王〉を追っていたはずだが――

〈……っ、レオ、なにしてたのよ！〉

ヴェイラの念話が頭に響く。

〈ログナス王国に戻っていた。それより、なんだその化け物は――〉

と、再生を続ける屍竜に視線を向ける。

〈――六英雄の〈龍神〉ギスアーク、その成れの果てよ〉

〈……なんだと？〉

レオニスは、地面を這う屍竜をじっと見据えた。

腐肉を鎧う黄金の鱗は、たしかに、あのギスアークのものだ。

「――凄まじい死の気配だ。アンデッド化しているな」

と、背後にひかえる黒狼を振り返り、

「ブラッカスよ、あの英雄を不死者の眷属となせる者に、心当たりはあるか？」

「……ああ、そんなことができるのは、俺の知る限り一人だけだ」

「俺もそう思う」

と、レオニスは〈龍神〉の額に輝く刻印を睨み据えた。

〈不死者の魔王〉――レオニス・デス・マグナスが、眷属に与える刻印だ。

（……奴の尖兵というわけか、面白い）

レオニスは地面に降り立つと、呪文を唱えた。

「すべての死は我のもの、第六階梯――〈死霊魂操〉」

ギスアークの周囲に闇の髑髏が召喚され、体内に潜り込む。

アンデッドの支配を強制的に奪う魔術だ。

しかし――
■■■■■■■■ッッッ――！
ギスアークはその巨体を起こすと、熱閃を放射した。

ズオオオオオオオオオンッ！

根元から切断された高層ビルが、轟音と共に崩壊する。

（……やはり、抵抗されるか）

ブラッカスの背に乗り、影を渡りながら、レオニスは胸中で呟く。

とはいえ、支配を奪えるなどとは思っていない。あれをアンデッドに変えたのが、奴だという確証を得たかっただけだ。

（――俺の〈王国〉に、あまり被害は出したくないな）

このエリアの一般市民は避難を完了しているようだが、〈ヴォイド・ロード〉を討伐するため、すぐに〈聖剣学院〉の部隊が到着するだろう。

六英雄相手に、守りながら戦うのは至難の業だ。

「ブラッカス、奴（やつ）を〈影の王国（レルム・オヴ・シャドウ）〉に引きずり込めるか？」

「すまぬ、マグナス殿。〈影の王国〉は、〈機神〉の自爆で破壊されて、機能不全だ。たとえ奴を引きずり込んだとしても、すぐに内側から崩壊するだろう」

「そうか……」

レオニスは喉の奥で唸（うな）り、黙考する。

ギスアークが鎌首をもたげ、再び熱閃（ねっせん）を放った。

ブラッカスは瓦礫（がれき）の影に飛び込み、別の影から出現する。

「――では、このエリアに侵入しようとする者を、〈影の回廊〉で別のエリアに転送することは可能か？」

「侵入する者全員か……可能だが、骨が折れるな」

ブラッカスは鼻を鳴らした。

「それに、空を飛ぶものは無理だぞ」

「それでいい。頼む」

「心得た。しかし、マグナス殿の護衛は――」

「大丈夫だ。敵にすれば恐ろしいが、味方にすれば最も頼もしい竜がいる」

シギャアアアアアアアアアアアッ！

赤竜に変身したヴェイラが、〈龍神〉の首に食らい付く。

喉笛に牙を突き立てたまま、灼熱の炎の吐息を直接体内に吐き出した。

ギスアーク・セイントドラゴンの肉体が、燃え盛る炉のように輝く。

レオニスはブラッカスの背から跳び降りた。

「マグナス殿、武運を――」

「ああ、頼んだぞ」

ブラッカスが影の中に潜る。

「ヴェイラ、そのまま、釘付けにしていろ――」

〈……っ、このあたしに命令するなんて、生意気よっ！〉

レオニスは両手を広げて呪文を唱え――

（やはり、杖がないとしっくりこないな……）

思い直し、足元の影をつま先で叩いて、〈絶死眼の魔杖〉を取り出した。

杖の尖端に、〈死神〉の片目を象眼した一品だ。

〈封罪の魔杖〉に比べると、かなりランクの落ちる〈伝説級〉の杖だが、それでも、レオニスの所持する杖の中では二番目位に強力な代物である。

正直、レオニスの圧倒的な魔力を考えれば、増幅の効果は誤差でしかないが、そこはまあ、気分の問題だ。

「大地よ、怒れる矛となりて、我が敵を穿て――」

アンデッドには、レオニスの最も得意とする〈死の領域〉の魔術は通用しない。

「戦術級・第八階梯魔術――〈地烈衝破撃〉！」

地面に召喚された、無数の石柱が屍竜の全身を刺し貫く。

■■■■■■■ッッッ――！

ギスアークが咆哮し、翼を広げた。

巨体を震わせて石柱を粉砕し、飛び立とうとするが――

「そうはさせるか！」

重力系統第八階梯魔術――〈極大重波〉。

ギスアークの頭上に生まれた重力球が、肉塊を地面に押しつける。

〈ちょっと、あたしまで巻き込む気!?〉

〈知らん、さっさと退避しろ〉

〈レオ、あとで覚えてなさいっ！〉

ドンッ、と地面を蹴りつけ、ヴェイラが上空へ飛翔した。
両翼を広げ、眼下のギスアークへ炎の吐息を浴びせかける。
「――闇よ、爆ぜるがいい！」
レオニスが魔杖を振り上げ、第十階梯破壊魔術を唱えようとした、刹那。
ズシャアアアアアアッ！
「……なに!?」
足元の地面が隆起し、無数の樹木の根が突き出した。
呪文を中断し、レオニスは後ろに跳び下がる。
蠢く樹が、ギスアークの胎から生え、地面に根を張っていた。
その根が地中を進み、レオニスを攻撃したのだ。
(樹木を操るエルフの魔術？　いや、これは――)
爆発的に増殖した樹の根を見て、レオニスは眼を見開く。
根の尖端に、苦悶に喘ぐ老人の顔のようなものが現れたのだ。
その人面樹の顔に、レオニスは見覚えがあった。
「……っ、貴様は、まさか――？」
六英雄の〈大賢者〉――アラキール・デグラジオスの顔だった。

◆

「――カチコミの時間ですよっ！」

ドオオオオオオオオオオオンッ！

レギーナの放った〈猛竜砲火（ドラグ・ハウル）〉が、正面のシャッターをぶち抜いた。

無限軌道が唸（うな）り、戦闘車両（バトル・ヴィークル）が一気にタワーの中に突っ込む。

鳴り響く警報音。スプリンクラーが作動し、あたりが水浸しになる。

職員はすでにシェルターに避難しているようだ。

「まずは中央管制室に向かいましょう」

戦闘車両を降りたリーセリアが、クロヴィアに送られたマップを確認する。

施設内の履歴を確認すれば、エルフィーネの囚（とら）われた場所がわかるかもしれない。

その時、唸るようなモーター音が、通路の奥から接近してくる。

「おいでなすったね」

咲耶（さくや）が〈雷切丸（らいきりまる）〉を手に、ふっと微笑する。

「レギーナ、私の後ろに！」

リーセリアが〈誓約の魔血剣（ブラッディ・ソード）〉を構えると、同時。

ガガガガガガガガガガガッ！

警告なしに撃ち込まれる機銃掃射。

各部位に機銃を装備した、魔力駆動の戦闘機械だ。

〈ヴォイド・シミュレータ〉に、フィレット製の戦闘用〈人造精霊〉を組み込んだタイプで、対〈ヴォイド〉用無人兵器として運用されている。

リーセリアの周囲に展開した血の刃が、銃弾をすべて弾き飛ばした。

咲耶はすでに姿を消していた。

柱を蹴って天井を駆け、一瞬で三機の戦闘機械に接近する。

戦闘機械が反応し、機銃を向けるが――

「――遅いよ、屑鉄」

一閃。〈雷切丸〉の刃が閃き、戦闘機械を真っ二つに斬り捨てる。

同時――

「はあああっ――〈血華乱舞〉！」

銃弾の雨を弾き、リーセリアは斬り込んだ。

駆動箇所の関節に剣の尖端を突き入れ、〈誓約の魔血剣〉の力を開放する。

血の刃が華開き、戦闘機械をバラバラに粉砕した。

振り向きざま、残りの一機に剣を振り下ろそうとして――

「……え？」

リーセリアはぽかんと口をあける。

戦闘機械が、まるで糸の切れた操り人形のように、その場にくずおれたのだ。

「――支配が完了しました」

背後で聞こえた声に振り向くと――

戦闘車両(バトル・ヴィークル)の操縦席で、シュベルトライテがかしこまっていた。

「……えっと、これ、あなたが？」

「肯定です、マスター」

シュベルトライテが頷(うなず)くと、戦闘機械が立ち上がって、くるりと回った。

「……す、すごい！」

感心するリーセリア。

しかし、考えてみれば、彼女はあの遺跡を守っていた、何千体もの魔導兵器をすべて統率していたのだ。この程度のことは朝飯前に違いない。

「ねえ、ひょっとして、このタワーの中枢を掌握することってできる？」

と、訊(たず)ねてみると、

「中枢の魔導機器に接続できれば、可能かと――」

「この娘(こ)、絶対連れて行ったほうがいいですよ」

レギーナが力強く言った。

こくこくと頷くシュベルトライテ。

「ううん、そうね……」

おとがいに手をあて、考え込むリーセリア。

それから、シュベルトライテのほうを見て、

「けど、あの時みたいに〈人造精霊(アーティフィシャル・エレメンタル)〉に乗っ取られちゃったりしないかしら？」

「〈人造精霊〉による、自我の支配の心配はありません」

シュベルトライテは無表情に首を振る。

「現在の私は本来の私とは切り離された、完全自律状態ですので、本来の力を制限される代わりに、外部の干渉を受けることはありません」

「……そうなの？」

……よくわからない理屈だけど、大丈夫らしい。

「……わかったわ。連れて行きましょう」

レギーナと二人がかりで、シュベルトライテを操縦席から外すと、車両に収納されていた運搬用のロープでボディをリーセリアの背中にくくりつけた。

意外と軽く、〈吸血鬼の女王(ヴァインパイア・クイーン)〉の力を使えば、戦闘は問題なくできそうだ。

「ええっと……こ、これでいい？」

「問題ありません、ママ」

「マ、ママ!?」

「間違えました、マスター」

「わたし、まだ一五歳だもん……」

リーセリアがぷくっと頬を膨らませる。

「先輩、急いだほうがいい。新手が来るよ」

咲耶が〈雷切丸〉を手に先へ進んだ。

◆

……レオ……ニスゥウウウウウ……

地面を砕いて突き出した人面樹が、怨嗟の呻き声を漏らす。

(……っ、馬鹿な、奴は完全に滅ぼしたはずだ)

レオニスは眼を見開き、喉の奥で唸った。

およそ半年前、〈第〇七戦術都市〉の魔力炉との融合を目論んだ、六英雄の〈大賢者〉は、魔剣〈ダーインスレイヴ〉によって塵になったはずだ。

(……いや、奴の身体は〈第〇七戦術都市〉の地下全域に根を張っていた。撃ち漏らしたアラキールの一部を回収し、再生させた者がいたとすれば――)

脳裏に浮かんだのは、あの聖服の司祭だ。

魔王〈アズラ＝イル〉の側近であった、ネファケス・レイザード。

〈第〇三戦術都市〉で〈聖女〉ティアレスを甦らせ、ウル＝シュカールの遺跡で、もう一人の〈不死者の魔王〉を復活させた男。

（奴は、なんらかの方法で、アラキールを甦らせ――）

おそらくは、〈龍神〉ギスアーク・セイントドラゴンと融合させた。

……レエエエエエ……オ……ニスゥウウウウ……

樹木に浮かんだ無数の顔が、一斉にけたたましい哄笑を上げた。

「……っ、〈炎焦波〉！」

即座に、レオニスは第三階梯の火炎呪文を唱え、樹の根を焼却。だが、燃え落ちた灰の中から、すぐに新たな樹が再生する。

神聖樹の生命力だ。

「なんと悪趣味な……」

レオニスは苛立たしげに呟いた。

アンデッドの不死の力と、神聖樹の生命力を融合させるとは――

もはや存在自体が、レオニスの美学に反する。

（……もう一人の俺とは、趣味が合わんようだなっ！）

魔杖を振り上げ、更に火炎呪文を叩き込む。

燃え盛る炎の中で、呪文を唱える声が聞こえた。

――〈神聖光輪〉。

虚空に出現した無数の光の輪が、レオニスめがけて殺到する。

「――〈暗黒魔障壁〉！」

闇属性の魔術で相殺し、光輪を打ち消すレオニス。

（神聖魔術を使うか……！）

しかし――

この〈大賢者〉には、〈ヴォイド〉と化しても、なお存在した理性は感じられない。

レオニスに対する怨嗟の声も、ただの残響に過ぎないのだろう。

……所詮は残骸ということか――

（……不愉快だな。じつに、不愉快だ）

爆裂系統の魔術を連続で唱え、樹の根を吹き飛ばす。

「次は再生できぬよう、完全に消し去ってくれる」

アラキールが、神聖魔術の障壁を展開した。

が、レオニスは構わず、魔術を放ち続ける。

ズオンッ、ズオンッ、ズオオオオオオオオンッ！

砕かれる魔術障壁。樹皮に浮かんだ無数の顔が破裂し、燃え上がった。

「……くだらぬものを見せおって」

吹き飛ばした樹の根を踏み越え、本体のギスアークめがけて駆ける。

レオニ……スウウウウウウウウウウ……

アラキールの魂は消し飛ばしたが——

肉体の断片には、まだ俺への憎悪の残滓があるようだ。

「……っ!?」

地面を割って現れた樹の根が、レオニスの脚に絡みつく。

「このっ……」

炎の刃で焼き斬った、その時。
■■■■■■■■ッッッ——!
押さえ込んでいたヴェイラを振り払い、ギスアークが咆哮した。

口腔に、灼熱の閃光が生まれる——

(しまっ……!?)

眼を見開いた、瞬間。

「魔王様ああああああっ!」

レオニスの身体は、思いっきり蹴り飛ばされた。

◆

「──〈獣王爆炎爪〉！」

〈獣王〉の青白く燃える炎の爪が、神聖樹の根を引き千切った。

オオオオオオオオオ……！

苦悶の声を上げる樹木の根を、ガゾス＝ヘルビーストの脚が踏みにじる。

燃え尽きた〈大賢者〉の灰は、風に煽られ吹き散らされた。

「……っ、馬鹿……な……かの〈大賢者〉の細胞が……」

聖服の司祭が端整な面立ちを歪め、驚愕の声を上げた。

「おいおい、本気か？」

ガゾスは獰猛に嗤った。

「こんな玩具で、〈魔王〉をどうにかできると思ったのかよ？」

静かに放たれる怒気に、ネファケスは後退った。

「こんなもんは、〈大賢者〉でも、六英雄でもなんでもねえ。ただの抜け殻だ」

一瞬でネファケスに肉薄し、その首を掴み上げる。

「貴様、こんな玩具まで用意して、なにを企んでやがる……？」

「……かっ……は……！」

ネファケスはもがくが、〈獣王〉の腕はぴくりとも動かない。

「おおっと、勢い余って殺さねえようにしないとなぁ」

「どう、やら……また〈魔王〉の器を……はかり間違えた、ようですね……」

「あぁ？」

「〈女神〉に導かれし、世界の敵、暴虐の支配者。あなたがた〈魔王〉は、理に囚われた者に支配できる存在では、ないようだ……」

宙に持ち上げられたまま、ネファケスは自嘲するように嗤う。

ピシ――

ネファケスの肉体に亀裂が走った。

「――虚無が……呼んで、いる……」

「なに？」

……ピシ、ピシピシッ……ピシッ……――

細かな亀裂が、司祭の顔から首、そして全身を蝕む。

「……っ、貴様！」

ガゾスは首を握る手に力を込めるが――

ネファケスの肉体は、たちまち虚空の裂け目に呑み込まれて消滅した。

「……逃げた……か」

舌打ちして、ビルの屋上からあたりを見回す。

都市の各エリアで、無数の虚無の化け物と、人間の戦士たちが戦っている。

そして、都市の中心に——

巨大なドラゴンの屍と対峙する、一人の少年がいた。

「ほう、あっちは楽しそうじゃねえか——」

◆

「——この通路をまっすぐ進んでください」

「わ、わかったわ！」

鳴り響く警報音の中。

シュベルトライテのナビゲーションに従い、リーセリアはひた走る。

警備用の戦闘機械が次々と押し寄せるが、そのほとんどはシュベルトライテによって機能を停止され、残りはリーセリアと咲耶の〈聖剣〉で斬り飛ばされた。

「お嬢様、わたしの活躍が——」

〈竜撃爪銃〉を手にしたレギーナが、不満を口にする。

「ええっと……あ、活躍のチャンスよ、あの隔壁を吹き飛ばして！」

リーセリアが行く手を阻む隔壁を指差した。

「お任せ下さいっ、〈聖剣〉形態変換(モード・シフト)――〈猛竜砲火(ドラグ・ハウル)〉」

レギーナの聖剣が、ライフル銃から重砲に形を変え――

同時、ガゴンッと隔壁が開く。

「――ロックを解除しました」

「すごいわ、ライテちゃん」

「ちょっとおおお!?」

またしても活躍の場を奪われたレギーナが、頬(ほお)を膨らませた。

隔壁の先には、巨大な昇降機の扉があった。

「昇降機で十二階へ向かうのが、中央管制室への最短ルートです」

「動いてないようだけど……」

「少しお待ちください。昇降機のパスコードを解除します」

シュベルトライテが腕を伸ばし、昇降機のパネルに触れる。

と、咲耶(さくや)が背後の壁を振り向いて、

「――来るよ」

「え？」

リーセリアが眉をひそめると、同時。

ドゴオオオオオオオオオオッ！

壁が粉々に吹き飛んだ。

「なっ⁉」

姿を現したのは、両腕を巨大な刃と化した人間だ。

そして、土煙の中から現れる、まったく同じ体格の人影が五つ。

全員、戦闘用のプロテクター・スーツに身を包み、顔にバイザーを装着している。

「――警備員ってわけじゃ、なさそうだね」

咲耶が、厳しい眼差しを向ける。

五人の腕から直接生えた、禍々しい刃は、〈聖剣〉ではありえない。

「――〈魔剣使い〉だ」

「……っ⁉」

リーセリアとレギーナが息を呑む。

「先輩、ここは僕に任せてくれないか？」

「咲耶？　わたしも戦うわ――」

〈誓約の魔血剣〉を構え、前に出るリーセリア。

だが、咲耶は首を振り、

「一人で十分だよ。それより、急いでエルフィーネ先輩の救出に向かったほうがいい」

「咲耶……」

背後で、昇降機の扉の開く音がした。

「――早く。こんな化け物を飼うような連中だ。手遅れにならないうちに」

咲耶の言葉に、リーセリアは唇を噛んだ。

「……っ、わかった。任せたわ、咲耶」

「無理は、しないでくださいね」

リーセリアとレギーナは昇降機の中に駆け込んだ。

〈魔剣〉使いが、人間離れした声を上げ、昇降機めがけて突進する。

刹那、斬光が閃いた。

〈雷切丸〉の刃が、プロテクター・スーツごと、〈魔剣〉使いを斬り捨てる。

「――遅いな。蝿が止まるよ」

髪をかけあげた咲耶の左眼が、琥珀色に輝く。

倒れ臥した〈魔剣〉使いのバイザーが真っ二つに割れ、床に転がった。

「……っ!?」

バイザーの下から現れた顔を見て、咲耶の表情が凍り付く。

それは、咲耶のよく知る男の顔だった。

「宇斬、どうして……!?」

〈桜蘭〉を滅ぼした〈ヴォイド・ロード〉への復讐を果たすため、フィンゼル・フィレットの私兵に身を落とした戦闘集団、〈剣鬼衆〉――その頭目だった男。

だが、〈剣鬼衆〉は〈魔剣〉の力に手を染めた挙げ句、全員命を落としたはずだ。

「まさか――」

〈魔眼〉の力を開放し、地を蹴って奔った。

雷光がほとばしり、刃が閃く。

そして――

カラン、と――全員のバイザーが割れ、地面に落ちた。

「……そうか、そういうことか」

バイザーの下に現れたのは、すべて同じ顔だった。

「――フィレット社の人造人間。〈魔剣〉に適応した人間を、生み出したのか!」

――何時の間にか。立ち尽くす咲耶の回りに、新たな気配が現れる。

同じプロテクター・スーツに身を包んだ、同じ体格の人影が八人。

「不愉快だな。ひどく不愉快だよ……」

咲耶は冷たく呟いた。〈雷切丸〉を構え直し、

「やっぱり、先に行かせてよかった」

〈雷切丸(らいきりまる)〉の刃(やいば)が、禍々(まがまが)しい瘴気(しょうき)を放ち、昏く輝く。

「——先輩たちは優しいから、人の姿をしたものは、壊せないだろうしね」

◆

「……ぐ……ぬぬ……」

瓦礫(がれき)の下の影から、レオニスが這(は)い出した。

「魔王様、ご無事でしたか！」

「……っ、主(あるじ)にいきなりドロップキックをするメイドがいるか！」

けほけほと咳(せ)き込みながら、レオニスはシャーリを睨(にら)む。

「も、申し訳ありません！　緊急の事態ゆえ……」

レオニスが顔を上げると——

あたり一帯が、ギスアークの熱閃(ねっせん)で焼き払われていた。

シャーリが、咄嗟(とっさ)に影の中に蹴落とさなければ、消し飛んでいただろう。

「……む、そうだな。すまん、助かったぞ、シャーリよ」

「もったいなきお言葉です、魔王様」

レオニスは立ち上がり、〈龍神(りゅうじん)〉を見据えた。

ギスアークの肉体はドロドロと崩れ去り、もはや竜の形をなしていない。

（……アンデッド化した肉体に神聖樹など植え付けるからだ、馬鹿者が）

このまま放置していれば、いずれ自己崩壊を起こすだろうが――

それまでに、この〈第〇七戦術都市（セヴンス・アサルト・ガーデン）〉が持つとは思えない。

（ともあれ、あの異常な再生能力は厄介だ……）

――一撃で存在を消滅させなければ、〈龍神〉を倒しきることは難しい。

しかし、第十階梯（かいてい）の極大破壊魔術でさえ、六英雄クラスを葬るには威力が足りない。

ヴェイラと力を合わせれば、この子供の肉体でも、超威力の第十一階梯魔術を唱えることができるが、〈龍神〉と融合した〈大賢者〉はその隙を与えてくれまい。

（やはり、〈ダーインスレイヴ〉を奪われたのは痛いな……）

レオニスは左腕に眼（め）を落とした。

レオニス自身の目覚めた〈聖剣〉――〈EXCALIBUR.XX（エクスキャリバー・ダブルイクス）〉。

だが、その力は〈女神〉の呪詛（じゅそ）によって封印されている。

■■■■■■■■■■ッ――！

ギスアークが鎌首を持ち上げ、ふたたび口腔（こうくう）に灼熱（しゃくねつ）の光を生み出した。

〈――レオ、早くけりをつけないとまずいわよ！〉

上空を飛翔（ひしょう）するヴェイラが頭の中に喋（しゃべ）りかけてくる。

「……ああ、わかっている」

アラキールが、レオニスを狙って根の触手を伸ばす。

「――魔王様っ！」

咄嗟に、シャーリがレオニスの身体を抱えて飛んだ。

寸断された〈影の回廊〉を跳んで、ビルの残骸の壁を一気に駆け上がる。

「……っ、主をお姫様抱っこするメイドがいるか！」

「も、申し訳ありません！　ですが、今の魔王様は十歳の子供ですし――」

「ええい、降ろせ――」

と、暴れようとして――

ふと、レオニスは思い付く。

「――シャーリ、お前に頼みがある」

「な、なんですかっ、魔王様！」

アラキールの触手を躱しつつ、返事をするシャーリ。

レオニスは魔杖を振るい、炎で触手を焼き尽くした。

瓦礫の上に降り立ち、シャーリはレオニスを地面に降ろす。

「シャーリよ、〈影の回廊〉を奴の体内に繋げられるか？」

「ええっ!?　無理です、魔王様。あの化け物の中に、影の門を設置しないと――」

「それは俺がやる」

「あ、それならできます――って、魔王様が!?」

驚くシャーリ。だが、問答している時間はない。

「では、任せたぞ――」

「あっ、魔王様！」

レオニスは重力操作の魔術を唱え、空中に飛び上がった。

〈――ヴェイラ、一瞬でいい。奴を抑え込め〉

頭上を旋回する赤竜に告げる。

〈だからっ、あたしに命令するなんて生意気よ――〉

文句を言いつつも、ヴェイラは〈龍神(りゅうじん)〉に急降下攻撃をしかける。

■■■■■■■■ッッッ――！

ギスアークが上空めがけて灼熱(しゃくねつ)の光閃(こうせん)を放った。

シギャアアアアアアアッ！

ヴェイラも顎門(あぎと)を開き、竜語魔術を放つ。

――〈覇竜魔光烈砲(ディ・アルグ・ドラグレイ)〉。

ズオオオオオオオオオオオオンッ！

光閃が空中で激突し、凄(すさ)まじい爆発を引き起こした。

「……っ！」

炎と瓦礫（がれき）の弾丸を魔力障壁で弾（はじ）きつつ、レオニスは〈龍神（りゅうじん）〉めがけて突っ込む。

レオ……ニ……スウウウウウウウウウウ……！

老人の顔を浮かび上がらせた神聖樹の触手が、レオニスめがけて殺到する。

「――〈大賢者〉もどきが、〈魔王〉を舐（な）めるなっ！」

影の宝物庫より、魔殲剣（ませんけん）〈ゾルグスター・メゼキス〉を大量召喚。

「剣よ、死者と共に踊れ、第六階梯（かいてい）魔術――〈葬送剣舞（ヴァース・レスト）〉」

剣にアンデッドの魂を憑依（ひょうい）させ、襲い来る触手を斬り払わせる。

ギスアークの巨躯（きょく）が眼前に近付く。

〈龍神〉の額に刻まれた、眷属（けんぞく）の刻印が煌々（こうこう）と輝きを放った。

（――俺の存在を感じ取ったか、〈不死者の魔王〉よ！）

レオニスは不敵に嗤（わら）い、〈龍神〉の巨大な顎門（あぎと）の中に飛び込んだ。

腐肉に魔杖（まじょう）の柄を突き立て、影を穿（うが）つ。

「――いまだ、シャーリ！」

叫んだ、瞬間。

杖（つえ）の尖端（せんたん）の影が、〈影の回廊〉を通じて〈影の王国（レルム・オヴ・シャドウ）〉の本体と接続された。

「――開放せよ！」

レオニスが言葉を放つと同時。

〈龍神〉の口腔内に生まれた影から、無数の魔導機械が溢れ出した。

ウル＝シュカールで蒐集した、〈機骸兵〉の残骸だ。

統率機であるシュベルトライテを失った今、再び動き出すことはないが、内蔵した小型の〈魔力炉〉は、そのほとんどがまだ生きている。

「破裂せよ――」

レオニスが、残骸の一機に膨大な魔力を流し込んだ。

同時、レオニスは〈影の回廊〉の中に飛び込む。

容量を超えた魔力炉が暴走。周囲の魔力炉と反応し、自爆を誘発する。

ズオオオオオオオオオオオオオオンッ！

閃光が爆ぜた。圧倒的な破壊の力が、〈龍神〉の肉体を内側から吹き飛ばす。

（あれだけの魔力炉だ、〈魔王軍〉の兵器に転用したかったが――）

レ……オ……ニイイイイイス……！

それは、アラキールの怨嗟か、それとも〈龍神〉ギスアークの断末魔か――？

燃え盛る炎の中――

〈龍神〉が最後の力で、レオニスめがけて爪を振り下ろした。

（……しまっ!?）

眼を見開いた、その時。

ヒュンッ――！

どこからか飛来した剣の刃が、〈龍神〉の腕を斬り飛ばした。

（なに!?）

振り向くと――

遠くのビルの屋上に、一瞬、誰かの人影が見えたような気がした。

（……あれは？）

「魔王様――！」

シャーリが叫んだ。

崩れ落ちるギスアークの口腔に、強烈な魔力光が生まれる――

「――〈不死者の魔王〉よ。次は眷属ではなく、貴様が直接くるがいい！」

咆哮する〈龍神〉めがけ、レオニスは手をかざし、

「滅びよ――〈極大抹消咒〉」

レオニスの唱えた第十階梯魔術が――

今度こそ、不死の〈龍神〉を消し飛ばした。

エピローグ

Demon's Sword Master of Excalibur School

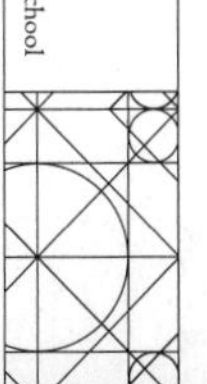

「お嬢様、咲耶、一人で大丈夫でしょうか？」

「……咲耶は強いわ。たぶん、私たちの知ってる咲耶より、ずっと」

昇降機で十二階に上り、リーセリアたちは中央管制室を目指した。

「この先です――」

背負ったシュベルトライテの誘導に従い、狭い通路を進む二人。

「……ここが中央管制室？」

隔壁の先にあったのは、中央に円筒型の装置の置かれた、広い空間だった。

「あの装置にわたしを接続してください」

「わかったわ」

リーセリアはシュベルトライテを降ろし、装置に接続した。

「システムのリンクを開始――」

シュベルトライテのツノが点滅をはじめる。

さすがに、この施設を掌握するには時間がかかるのだろう。

と――

「おかしいわね……」

「なにがです？」

「中央管制室に、あの戦闘機械がいないなんて」

「戦闘で装置に被害が及ばないようにですかね」

「だとしても、隔壁の外には配置するはずよ」

それに、〈魔剣〉使いがいない、というのは少し不自然だ。

静まりかえった中央管制室に、魔導装置の唸(うな)る音だけが響く。

その時。

ピシリ――……

と、聞き覚えのある音が、微(かす)かに鳴った。

ピシ、ピシピシピシッ、ピシピシピシピシッ……――

「お嬢様、これは!?」

レギーナが叫ぶ。

虚空(こくう)に無数の裂け目が生まれ――

不気味な人型の〈ヴォイド〉が、続々と姿を現した。

「……レギーナ、わたしの後ろに！」

リーセリアが〈誓約の魔血剣(ブラッディ・ソード)〉を振るい、〈ヴォイド〉を斬り伏せる。

だが、裂け目から現れる〈ヴォイド〉は、徐々にその数を増してゆく。

「――どうして、急に〈ヴォイド〉が!?」

〈大狂騒（スタンピード）〉の影響とはいえ、あまりに唐突すぎる。

（まさか、この近くに〈ヴォイド・ロード〉が……？）

ピシリ――

と、蜘蛛（くも）の巣のような亀裂の中心に――

ひときわ大きな裂け目が生まれた。

「……え？」

リーセリアは蒼氷（アイス・ブルー）の眼（め）を見開き、立ち尽くした。

虚無の裂け目から、姿を現したのは――

あとがき

お待たせしました。志瑞(しみず)です。『聖剣学院の魔剣使い』11巻をお届けします！

〈機神〉シュベルトライテとの戦いの最中に現れたのは、一〇〇〇年前の姿のままの〈不死者の魔王〉、レオニスだった。一方、〈第〇七戦術都市(セヴンス・アサルト・ガーデン)〉では、シャーリが甦(よみがえ)った〈獣王〉ガゾス＝ヘルビーストと対峙(たいじ)することに――

――というわけで、満を持して登場したもう一人の〈不死者の魔王〉。なぜ〈不死者の魔王〉が〈虚無世界〉に封印されていたのか、なぜレオ君は十歳の少年の肉体に転生してしまったのか、〈女神〉との関係は、などなど、ここからはシリーズの根幹に関わるストーリーも一気に進めていきますので、シートベルトをしっかり締めて、楽しんでいただければと思います！

謝辞です。

今回も超絶お忙しい中、素敵なイラストを描いてくださった遠坂(とおさか)あさぎ先生、本当にありがとうございました。表紙の魔王三人娘がとても美しいです。スペシャルピンナップのウェディングシャーリ、学院の制服を着るシュベルトライテも最高ですね。

シュベルトライテは本編ではあのような姿になっていますが、今後の展開しだいではピンナップに描かれたような展開が来るかも……？

漫画版の『聖剣学院』を手掛けてくださっている蛍幻飛鳥先生、いつもありがとうございます。原作のふわっとしたシーンも読みやすく描画してくださって、執筆の時もおおいに助かっております。毎号チェック用の原稿が届くのを楽しみにしています！

担当編集様、校正様、今回も大変お世話になりました。

そして、最大の感謝はシリーズを読み続けてくださっている読者の皆様に。物語の面白さをどんどん加速させていきますので、今後ともよろしくお願いいたします。


さて、この本が発売される頃には、ティザーサイトなど、アニメ関連の情報もちらほら出ているかと思います。現時点ですでに、原作者もびっくりするくらい素晴らしいものに仕上がっているので、どうか楽しみにお待ちください。


――それでは、次は12巻でまたお会いしましょう。

エルフィーネ先輩はどうなってしまうの……？

二〇二二年一〇月　志瑞祐

「ファンレター、作品のご感想をお待ちしています」

あて先

〒102-0071　東京都千代田区富士見2-13-12
株式会社KADOKAWA　MF文庫J編集部気付
「志瑞祐先生」係　「遠坂あさぎ先生」係

読者アンケートにご協力ください!

アンケートにご回答いただいた方から毎月抽選で
10名様に「オリジナルQUOカード1000円分」をプレゼント!!
さらにご回答者全員に、QUOカードに使用している画像の無料壁紙をプレゼントいたします!

■ 二次元コードまたはURLよりアクセスし、本書専用のパスワードを入力してご回答ください。

http://kdq.jp/mfj/　パスワード　**a38sn**

- ●当選者の発表は商品の発送をもって代えさせていただきます。
- ●アンケートプレゼントにご応募いただける期間は、対象商品の初版発行日より12ヶ月間です。
- ●アンケートプレゼントは、都合により予告なく中止または内容が変更されることがあります。
- ●サイトにアクセスする際や、登録・メール送信時にかかる通信費はお客様のご負担になります。
- ●一部対応していない機種があります。
- ●中学生以下の方は、保護者の方の了承を得てから回答してください。

MF文庫J

聖剣学院の魔剣使い 11

2022 年 11 月 25 日　初版発行

著者　志瑞祐

発行者　山下直久

発行　株式会社 KADOKAWA
〒 102-8177 東京都千代田区富士見 2-13-3
0570-002-301（ナビダイヤル）

印刷　株式会社広済堂ネクスト

製本　株式会社広済堂ネクスト

Printed in Japan　ISBN 978-4-04-681935-2 C0193

◇◇◇

〈第19回〉MF文庫Jライトノベル新人賞

MF文庫Ｊライトノベル新人賞は、10代の読者が心から楽しめる、オリジナリティ溢れるフレッシュなエンターテインメント作品を募集しています！ ファンタジー、SF、ミステリー、恋愛、歴史、ホラーほかジャンルを問いません。
年に4回締切があるから、時期を気にせず投稿できて、すぐに結果がわかる！ しかもWebからお手軽に投稿できて、さらには全員に評価シートもお送りしています！

イラスト：うみぼうず

通期

大賞
【正賞の楯と副賞 300万円】
最優秀賞
【正賞の楯と副賞 100万円】
優秀賞【正賞の楯と副賞 50万円】
佳作【正賞の楯と副賞 10万円】

各期ごと

チャレンジ賞
【活動支援費として合計6万円】

※チャレンジ賞は、投稿者支援の賞です

選考スケジュール

■第一期予備審査
【締切】2022年 6月30日
【発表】2022年10月25日ごろ

■第二期予備審査
【締切】2022年 9月30日
【発表】2023年 1月25日ごろ

■第三期予備審査
【締切】2022年12月31日
【発表】2023年 4月25日ごろ

■第四期予備審査
【締切】2023年 3月31日
【発表】2023年 7月25日ごろ

■最終審査結果
【発表】2023年 8月25日ごろ

MF文庫Ｊ
ライトノベル新人賞の
ココがすごい！

年4回の締切！
だからいつでも送れて、
すぐに結果がわかる！

応募者全員に
評価シート送付！
執筆に活かせる！

投稿がカンタンな
Web応募にて
受付！

三次選考
通過者以上は、
担当編集がついて
直接指導！
希望者は編集部へ
ご招待！

新人賞投稿者を
応援する
『チャレンジ賞』
がある！

詳しくは、
MF文庫Ｊライトノベル新人賞
公式ページをご覧ください！
https://mfbunkoj.jp/rookie/award/